amy cooper 6w

Collection folio junior

Série "plein vent"
dirigée par André Massepain

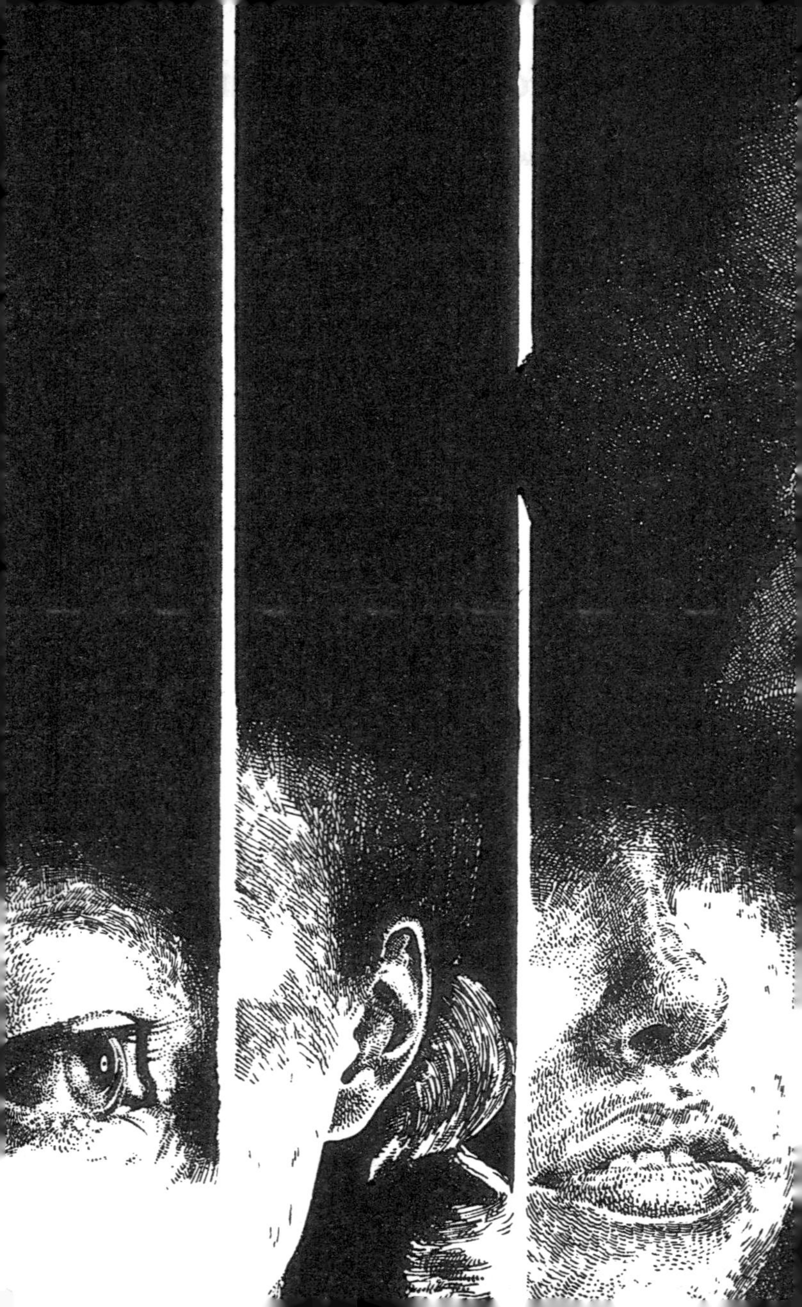

B. HÉKON

« A la mémoire de Maîtresse
qui entraîna une petite fille
hors des ténèbres
et lui donna le monde... »

HELEN KELLER.

Lorena A. Hickok

L'histoire d'Helen Keller

Traduit de l'américain
par
Renée Rosenthal

Robert Laffont

Titre original :

THE STORY OF HELEN KELLER

ALPHABET MANUEL

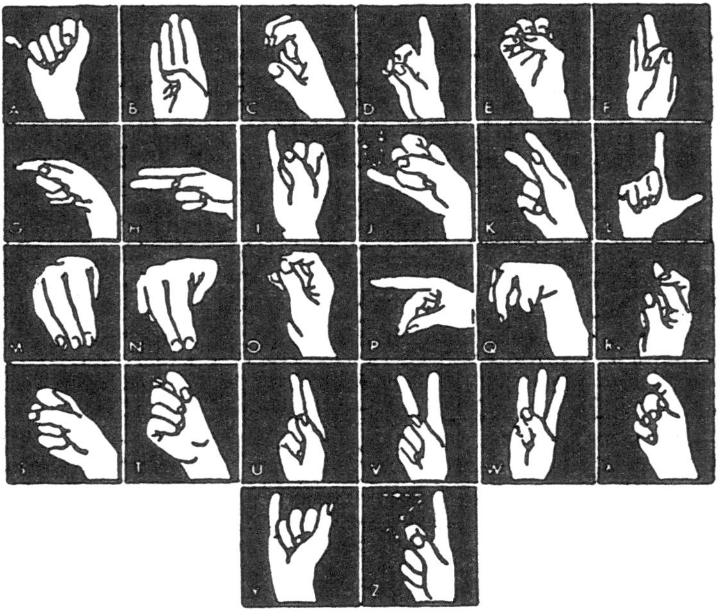

ALPHABET BRAILLE

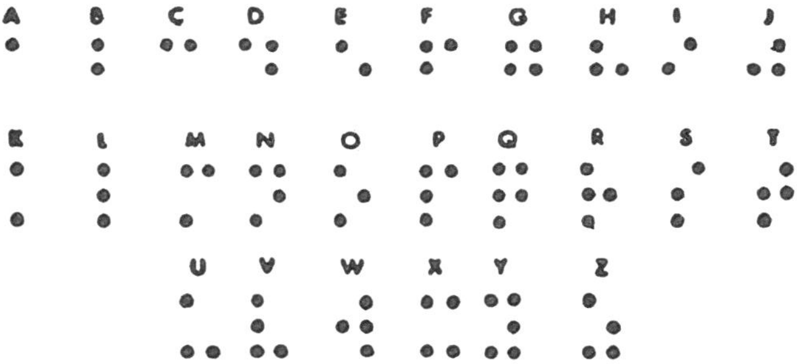

Le silence et l'obscurité

Par une belle soirée du mois de septembre 1886, la famille Keller était réunie au salon. Le capitaine Keller lisait distraitement son journal. Il finit par le poser à côté de lui et regarda par-dessus ses lunettes sa fille aînée Helen qui, pelotonnée dans un fauteuil, serrait contre son cœur une grande poupée de chiffon.

— Helen a maintenant six ans, dit le capitaine. Son esprit, en admettant qu'elle en ait un, est enfermé dans une prison. Il ne peut pas en sortir et personne ne peut lui ouvrir la porte pour l'aider. La clé a été perdue ; personne ne pourra la retrouver.

Mme Keller, qui était en train de coudre, releva la tête. Ses yeux étaient pleins de larmes.

La tante d'Helen se mit en colère :

— Arthur, vous n'y connaissez rien. Moi je vous dis qu'Helen est beaucoup plus intelligente que tous les Keller réunis.

— Helen est peut-être un génie, dit le

capitaine tristement, mais à quoi celui lui servira-t-il? Personne n'en saura jamais rien. Elle n'en profitera pas et n'en fera profiter personne.

Les paroles de son père ne pouvaient pas blesser Helen : elle ne les entendait pas. Frappée à deux ans par une congestion cérébrale, elle était restée sourde-muette et aveugle. Il n'y avait, croyaient ses parents, aucun moyen de communiquer avec elle. Elle était murée pour toujours dans le silence et l'obscurité.

Helen descendit de son fauteuil et se dirigea à tâtons, en se guidant sur le bord de la table, jusqu'au berceau qui se trouvait près de sa mère. Ce berceau, Helen le connaissait très bien ; c'était le sien, elle y avait dormi lorsqu'elle était toute petite. Ses mains savaient le reconnaître, le retrouver. Elle aimait y coucher sa poupée, la border, la bercer.

Depuis quelque temps, Helen était inquiète; le berceau n'était plus libre, la place était prise. La mère d'Helen la repoussait lorsqu'elle s'en approchait pour y coucher sa poupée. Il y avait quelqu'un dans le berceau, quelqu'un qui remuait bras et jambes, quelqu'un qui n'était pas une poupée. Helen n'avait aucun moyen de savoir que ce quelqu'un était sa petite sœur. « Quelqu'un » n'avait pas de prénom. Pour Helen, c'était « elle », la voleuse qui avait pris son berceau et qui prenait souvent aussi sa place favorite sur les genoux de sa mère.

Une fois de plus, « elle » était là. La main d'Helen avait senti le petit corps chaud du bébé, bordé dans les couvertures moelleuses. En poussant des cris rauques et discordants, qui ressemblaient plus aux grognements d'un chien qu'à une voix humaine, Helen arracha les couvertures et renversa le berceau pour chasser l'intruse. Heureusement, sa mère rattrapa le bébé avant qu'il tombât par terre. Le capitaine saisit Helen par les épaules et la secoua violemment :

— Voilà qui règle la question du génie, dit-il avec amertume. Helen est en tout cas un génie malfaisant. Il faut l'envoyer dans une Institution spécialisée.

Mme Keller, encore bouleversée par l'incident, se remit à pleurer :

— Non... non ... non! supplia-t-elle. Nous ne pouvons pas l'abandonner... Ces maisons sont destinées à recevoir des débiles mentaux, des arriérés. Helen n'apprendra rien, on la laissera dans son coin toute seule, elle ne fera aucun progrès et elle sera très malheureuse loin de nous.

Le capitaine Keller tenait toujours d'une

main ferme Helen qui se débattait et donnait des coups de pied. Il reprit plus doucement :

— Que pouvons-nous lui apprendre, nous? Nous avons essayé de lui donner des leçons.. Comment? Nous n'en savons rien. Nous ne pouvons plus la garder ici. Elle est trop grande, trop forte, trop dangereuse pour sa petite sœur. Un jour elle la tuera.

Pendant ce temps, dans la tête de la pauvre Helen, c'était une ronde de pensées vertigineuses qui se bousculaient. « Pourquoi me font-ils cela, pourquoi, pourquoi? »

Helen ne connaissait pas les mots. Tous les gens qui l'entouraient étaient pour elle des « ils ». Des « ils » qu'elle distinguait parfaitement : son père, sa mère, sa tante, Martha Washington, la fille de la domestique noire, qui jouait quelquefois avec elle.

« Ils » c'étaient des mains ; des mains qui la guidaient, qui la tiraient très vite en arrière au moment où elle allait se cogner contre un meuble, qui la relevaient quand elle était tombée, des mains qui lui donnaient à manger, qui lui donnaient des jouets. Il y avait les mains de sa mère, très douces, les mains de sa tante, un peu plus grandes, un peu moins adroites, celles de Martha, très petites, souvent poisseuses, et les mains grandes et fortes, très dures, de son père, qui en ce moment même la tenaient serrée et ne voulaient pas la lâcher.

Avec ses mains à elle, Helen explorait le monde. Ses mains lui servaient d'yeux et d'oreilles. La petite fille, privée du sens de l'ouïe et de la vue, avait développé d'une façon extraordinaire son sens du toucher, ainsi que ceux de l'odorat et du goût. Elle reconnaissait les « ils » de loin à leur parfum ; de près, elle savait reconnaître leurs vêtements, « voir » s'il y avait quelque chose de nouveau. Elle savait trouver les premières violettes dans l'herbe ; elle connaissait la fourrure de Belle, son setter. Elle savait qu'il ne fallait pas serrer trop fort la coquille lisse et chaude des œufs car il s'en échapperait une matière visqueuse qu'elle ne pouvait retenir dans ses doigts.

Ses petites mains avides, curieuses, sans cesse en mouvement, étaient déjà l'outil de sa pensée. Longuement, inlassablement, elle caressait le visage de sa mère, elle suivait du doigt le contour du nez, de la bouche. Elle ne s'étonnait pas de sentir quelquefois les joues de sa mère mouillées de larmes. Elle aussi, lorsqu'elle était malheureuse, elle avait les joues mouillées. Mais elle s'étonnait de sentir très souvent la bouche remuer. Elle essayait elle aussi de faire bouger ses lèvres.

Pourquoi, pourquoi les « ils » faisaient-ils cela ? Était-ce un jeu ? Pourquoi n'y jouaient-ils pas avec elle ?

A mesure qu'elle grandissait, Helen souffrait de plus en plus de son isolement. Les mains de sa mère qui lui caressait les cheveux, ses lèvres qui l'embrassaient, ses bras qui la câlinaient lui étaient toujours indispensables mais ne lui suffisaient plus. Il lui venait des rages terribles parce qu'elle ne savait pas se poser à elle-même les questions auxquelles elle aurait tant aimé qu'on lui répondît.

« Je voudrais comprendre, je voudrais parler, voir, entendre », hurlait la pauvre prisonnière à l'intérieur d'elle-même. Elle ne réussissait qu'à pousser des sons inarticulés qu'elle n'entendait pas.

Au bout d'un certain temps, épuisée par sa révolte et son désespoir, Helen s'endormait. C'est ce qui arriva encore cette fois-là. Son père et sa mère la mirent au lit, puis retournèrent au salon.

— Il n'y a rien à faire, dit le père. Nous sommes complètement désarmés, incapables de lui apprendre quoi que ce soit.

— Je sais, reconnut la mère. Nous sommes trop faibles avec elle. Elle n'en fait qu'à sa tête.

— Comment pourrions-nous la punir ? reprit le père, nous ne pouvons pas lui faire comprendre pourquoi on la punit.

La mère secoua la tête :

— Nous devrions écrire à Boston, à ce professeur dont nous a parlé le Dr Bell.

Quelques mois plus tôt, les parents d'Helen, qui habitaient dans l'Alabama à Tuscumbia, avaient emmené la petite fille chez un célèbre médecin de Baltimore spécialiste des yeux. Il n'avait rien pu faire pour elle, mais avait suggéré qu'on la fît examiner par le Dr Alexander Graham Bell, à Washington.

— Peut-être le Dr Bell pourra-t-il faire quelque chose pour guérir la surdité d'Helen, avait dit l'ophtalmologiste. Le Dr Bell est un remarquable savant. C'est en essayant de mettre au point un appareil pour redonner une certaine acuité auditive aux enfants sourds, qu'il a inventé le téléphone.

Les Keller étaient allés avec Helen chez le docteur Bell. Il avait examiné la petite fille, puis l'avait gardée longtemps sur ses genoux. Il la regardait jouer avec sa montre.

— Je ne peux rien faire pour elle, avait-il dit tristement. Mais essayez d'aller voir à Boston le professeur Michael Anagnos, qui dirige une école pour les enfants aveugles : « l'Institution Perkins ». Il y a, dans son école, une femme, Laura Brigman, qui est sourde-muette et aveugle comme votre enfant. Il paraît que Michael Anagnos a trouvé le moyen de lui parler : en frappant avec ses doigts dans la paume de la jeune femme, il lui épelle les mots. Ce qu'Anagnos a pu faire pour Laura Brigman, il pourra peut-être le faire aussi pour Helen.

Le capitaine Keller avait refusé de voir Anagnos. « Si lui non plus ne peut rien, se disait-il, comment ma femme supportera-t-elle un nouvel échec? » Ce soir-là il lut cependant une telle supplication dans les yeux de la mère d'Helen qu'il se décida brusquement :

— Très bien, nous allons essayer. Demain j'écrirai au Dr Anagnos.

L'étrangère

Le 3 mars 1887 devait marquer une étape décisive dans la vie d'Helen Keller, mais la petite fille n'en savait rien.

Six mois avaient passé depuis le jour où, dans un accès de jalousie furieuse, elle avait poussé sa sœur hors de son berceau. Fidèle à la promesse qu'il avait faite à sa femme, le capitaine Keller avait écrit au Dr Anagnos. Celui-ci avait répondu que l'on pouvait certainement essayer avec Helen les méthodes qu'il avait expérimentées et mises au point avec Laura Brigman. Cette méthode devait être enseignée par des spécialistes qu'il avait formés lui-même. C'est pourquoi, ce 3 mars 1887, Miss Ann Sullivan qui avait juste vingt ans et qui venait de terminer ses études, arrivait de Boston pour s'installer chez les Keller et devenir l'institutrice d'Helen.

Helen ignorait tout de l'arrivée de Miss Sullivan. Comment aurait-on pu l'en avertir?

Depuis quelques jours pourtant, elle était inquiète, nerveuse, agitée, elle sentait très bien qu'il y avait dans l'air quelque chose d'inhabituel.

L'une des chambres du haut, dont la porte était toujours fermée, avait été ouverte et aérée. L'odeur un peu froide et moisie avait fait place à la bonne odeur du jardin. La mère de Martha Washington avait balayé la poussière — Helen sentait très bien sous ses pieds les vibrations du plancher — et secoué le chiffon qui faisait éternuer lorsqu'on s'en approchait de trop près. On avait mis des draps propres au lit, des draps lisses, frais, avec leur pliure bien nette. Sur le porte-serviette, il y avait du linge de toilette, des serviettes à la fois douces et un peu grumeleuses qui sentaient bon.

Dans la cuisine aussi flottaient des odeurs délicieuses. La mère de Martha était en train de faire un gros gâteau. Elle laissa Helen lécher la casserole où il restait encore un peu de sucre glacé.

Toutes les bonnes odeurs, tous les parfums, toutes les petites gâteries ne réussissaient qu'à rendre Helen de plus en plus inquiète et malheureuse. Tout ce qu'elle ne comprenait pas, qui l'intriguait, lui donnait une envie forcenée de poser des questions. Elle restait calme lorsqu'elle vivait dans la routine, que rien ne venait la surprendre ou déranger ses habitudes, lorsqu'elle pouvait reconnaître au toucher le tissu familier des robes de sa mère; mais dès qu'elle sentait « du nouveau », une foule de questions se pressaient dans sa tête et lui donnaient une angoisse continuelle. Elle était alors nerveuse, maussade, et désagréable.

Elle suivit sa mère sous le porche et s'agrippa solidement à son manteau. Mme Keller était prête à partir pour aller chercher Ann Sullivan à la gare. Helen n'en savait rien, mais elle avait touché le manteau et le chapeau de sa mère. « Touché » c'est-à-dire « vu ». Elle savait parfaitement ce que cela signifiait : sa mère allait partir et elle voulait aller avec elle.

Le père d'Helen arriva à son tour. Brusquement, Helen se raidit. Elle savait qu'on était en train d'amener la voiture et les chevaux. Elle avait senti le pavé vibrer imperceptiblement sous le martèlement encore lointain des sabots. Elle se cramponna encore plus fort au manteau de sa mère, mais les grandes mains de son père la tirèrent en arrière. Sanglotant, avec ses petits grognements habituels, Helen se dégagea et partit en courant à la poursuite de la voiture. Son père la rattrapa et lui donna des pastilles de menthe. Helen les fourra dans sa bouche, mais cela ne suffit pas à la consoler. Lentement, elle revint vers la maison et elle attendit. Son petit visage était sale et ruisselant de larmes, ses cheveux en broussailles. Sa mère qui ne voulait jamais la contrarier la coiffait le plus rarement possible. Pourtant, Helen était jolie.

Au bout d'un temps qui lui parut très long et pendant lequel elle remâcha son chagrin, agitant dans sa tête tout un monde de pensées confuses, Helen sentit de nouveau le pavé vibrer légèrement. C'était la voiture qui revenait.

Quelqu'un s'approcha d'Helen, près, tout près. Helen se précipita en avant en grognant... et se retrouva dans des bras inconnus. Le « quelqu'un » qui venait d'arriver était de la taille de sa mère et portait une robe et un manteau. Elle ne sentait pas bon comme sa mère. Il émanait d'elle une odeur qu'Helen reconnaissait : celle du train qui l'avait emmenée à Baltimore pour voir le médecin des yeux : une odeur de charbon.

— Miss Sullivan, vous êtes la bienvenue dans cette maison, disait M. Keller. Nous sommes si heureux que vous veniez vous occuper de notre petite fille...

Helen ne l'entendait naturellement pas. Si elle avait su tous les mots, toutes les phrases qui lui manquaient, elle aurait appelé la nouvelle venue : « l'Étrangère ». Pendant un temps qui allait leur sembler très long à toutes les deux, Ann n'allait être pour Helen que « l'Étrangère ».

La petite fille sentit à terre un sac de voyage contre sa jambe. Voilà qui était intéressant : il y avait quelquefois des bonbons dans ces sacs-là. Très adroitement, Helen commença à fouiller et à sortir les affaires de l'Étrangère. Ann essaya de lui enlever le sac avec douceur. Helen se jeta sur elle avec une telle force et une telle sauvagerie, qu'elles seraient tombées toutes les deux si le capitaine Keller ne les avait pas retenues.

La curiosité d'Helen était encore plus vive que sa colère. Cette curiosité était déjà le signe de sa très grande intelligence. Elle suivit donc l'Étrangère dans sa chambre. L'Étrangère ouvrit son sac de voyage, tout en s'efforçant de repousser les mains sales d'Helen, ces mains qui voulaient « voir ». Elle sortit du sac une poupée et la mit dans les bras d'Helen. Aussitôt l'enfant commença à palper la poupée, à découvrir son visage, ses bras, ses jambes, avec une excitation et un plaisir manifestes. Enfin elle la câlina, comme le font toutes les petites filles, en la berçant doucement contre sa joue.

L'Étrangère prit Helen par la main et la conduisit jusqu'à une table. Elle y posa la main de l'enfant, paume en l'air. Lentement, elle remua ses doigts, dans la petite main grande ouverte.

Elle répéta les mêmes mouvements à plusieurs reprises, tandis qu'Helen attendait, intriguée par ce nouveau jeu. Puis elle prit les doigts de l'enfant et lui fit faire les mêmes mouvements, recommençant plusieurs fois à épeler le mot : « p-o-u-p-é-e, p-o-u-p-é-e, p-o-u-p-é-e ». Helen s'amusait beaucoup. Elle essaya d'imiter Ann, sans grand succès pour commencer, puis tout à fait bien.

L'Étrangère enleva alors la poupée à Helen. Elle était prête à la lui rendre, dès lors que l'enfant la lui réclamerait, c'est-à-dire lui épellerait avec les doigts le mot « poupée ».

Mais Helen ne comprit pas. Elle ne faisait aucun rapprochement entre le jeu amusant qui consistait à agiter les doigts dans la main de l'Étrangère et la poupée qu'on venait de lui enlever. Elle ne savait pas « demander ». Elle savait prendre et grogner ou se rouler par terre si on lui enlevait ce qu'elle aimait.

Elle se précipita avec sa sauvagerie coutumière sur l'Étrangère et chercha à tâtons à retrouver la poupée. Comme elle ne pouvait décidément pas l'attraper, elle courut vers la porte, les bras en avant, et s'enfuit.

L'Étrangère ne chercha pas à la retenir. Elle commença à ranger ses affaires. Helen ne savait pas qu'elle venait de prendre sa première leçon, mais l'Étrangère, elle, avait parfaitement vu que l'enfant était capable d'apprendre. « Je sais que tu le peux et je ferai tout pour te sortir de ta nuit », se disait Ann Sullivan.

Un combat décisif

L'Étrangère l'avait tout de suite compris : la première chose à apprendre à Helen, c'était l'obéissance. M. et Mme Keller n'avaient jamais osé gronder vraiment l'enfant ; et même s'ils l'avaient voulu, ils auraient été bien incapables de le faire, puisqu'ils n'avaient aucun moyen de lui « parler ». On a vu que tout ce qu'avait imaginé son père, lorsqu'elle se mettait dans une de ses terribles colères, c'était de lui donner des bonbons.

— A nous deux, ma jeune amie! se dit l'Étrangère. Tu es têtue, je le suis aussi.

La première bataille — elle fut mémorable — eut lieu au petit déjeuner, quelques jours après l'arrivée d'Ann Sullivan.

Helen se tenait très mal. Elle ne savait pas se servir d'une cuiller et elle refusait de rester assise à sa place. Elle courait autour de la table et chipait des morceaux dans l'assiette de son père, de sa mère, ou des invités, s'il y en avait. Son odorat, exceptionnellement développé, la guidait et elle prenait tout ce qui sentait bon.

Quand elle était petite, tout le monde s'attendrissait sur cette petite fille si jolie et si malheureuse. On la laissait faire et l'on jouait avec elle comme avec un petit chien. Quand elle attrapait un morceau dans une assiette, les invités se contentaient de lui caresser distraitement la tête.

Ce matin-là, Helen plongea brusquement dans l'assiette de l'Étrangère pour prendre des œufs brouillés à pleine main. L'Étrangère repoussa la petite main poisseuse. Quand Helen voulut recommencer, elle reçut une tape.

Helen, folle de colère, se roula par terre en hurlant.

Sous le regard horrifié de M. et de Mme Keller, l'Étrangère releva l'enfant, la secoua par les épaules et l'assit sur sa chaise. Helen se tortillait, lançait des coups de pied, mais l'Étrangère tenait bon.

— Ne vous inquiétez pas... mais je vous en supplie, laissez-moi faire, c'est une simple colère, il ne faut pas céder, dit l'Étrangère qui avait remarqué une expression de panique sur le visage des parents.

Enfin elle arriva à mettre une cuiller dans

la main d'Helen. Tout en la maintenant fermement, elle apprit à l'enfant à prendre un peu d'œufs brouillés. Puis elle essaya de guider la cuiller jusqu'à la bouche d'Helen, mais Helen repoussa sa main et jeta la cuiller à terre.

L'Étrangère fit descendre Helen de sa chaise, lui tint solidement la main, l'amena jusqu'à la cuiller et la força à la ramasser. Puis elle la rassit de force sur la chaise.

Helen se mit à pleurer. Elle ne comprenait pas pourquoi on la traitait si durement. Elle ne pouvait pas comprendre que, pour la première fois, on la traitait comme un être humain et non comme un petit animal pitoyable.

Le capitaine Keller lança sa serviette sur la table et se leva :

— Je ne veux pas voir cela, dit-il, et il quitta la pièce.

Sa femme le suivit.

L'Étrangère alla fermer la porte à clef derrière eux. Puis elle retourna à son petit déjeuner et se força à manger calmement bien qu'elle n'en eût guère envie.

— Il fallait bien livrer bataille, se dit-elle. Autant que cela soit fait.

Helen se mit à la pincer. L'Étrangère lui donna une gifle.

Helen se laissa glisser de sa chaise et fit à

tâtons le tour de la table. Il n'y avait personne à la place de sa mère, personne à la place de son père. Intriguée par cette situation si insolite, Helen retourna vers l'Étrangère. Elle n'essaya plus d'attraper quelque chose dans l'assiette. Plaçant sa main sur la main d'Ann, elle en suivit le mouvement, les allées et venues de la bouche à l'assiette.

De nouveau, l'Étrangère mit la cuiller dans la main d'Helen et la guida vers la bouche. Cette fois, Helen la laissa faire, et comme elle avait grand-faim termina son petit déjeuner sans colère.

Dès qu'elle eut fini, Helen arracha la serviette qu'on lui avait nouée autour du cou et la jeta à terre. Elle sauta de sa chaise et courut vers la porte. Lorsqu'elle s'aperçut qu'elle ne pouvait pas l'ouvrir, elle fut de nouveau saisie d'une rage terrible et se mit à tambouriner la porte de ses deux poings fermés. L'Étrangère se précipita sur elle, ne lui ouvrit pas, la ramena près de la table et l'obligea à ramasser sa serviette. Elle voulut lui montrer comment s'y prendre pour la plier, mais Helen lança encore une fois sa serviette et se roula elle-même par terre en donnant ses habituels coups de pied dans tous les sens.

L'Étrangère, au lieu de la relever, fit comme

si Helen n'était pas là et termina son petit déjeûner.

Helen ne comprenait pas. Elle ne comprenait pas comment ses scènes, généralement si efficaces, ne faisaient pas plus d'effet sur l'Étrangère. Elle essaya bien de tirer la chaise et de faire tomber Ann, mais elle n'y arriva pas. Elle se mit à pleurer de désespoir et de découragement. Pourquoi tout allait-il si mal ce matin ? Les pensées informulées qui se pressaient dans sa tête auraient pu très clairement se résumer ainsi : « Je vous hais ! »

Ann aussi était bouleversée. Cette première leçon n'était tout au plus qu'une séance de dressage.

Avant de transformer Helen en être humain, elle allait être obligée d'en faire d'abord « un animal civilisé », et on était loin du compte.

La matinée s'écoula lentement. Plusieurs fois, Helen courut vers la porte, la trouva naturellement toujours fermée, et recommença son éternelle comédie, cris, coups de pied, etc.

— J'attendrai que tu tombes d'épuisement, se dit l'Étrangère en soupirant.

Elle essaya pourtant, à plusieurs reprises, d'obliger Helen à ramasser sa serviette. Mais il n'y avait rien à faire. Helen la repoussait toujours.

M. Keller, hors de lui, partit pour son bureau en criant : « J'ai bien envie de renvoyer cette Yankee à Boston! » La mère d'Helen s'enferma au premier étage, dans la chambre la plus éloignée de la salle à manger, pour ne plus rien entendre. La bonne commençait à se demander si elle pourrait entrer jamais débarrasser le couvert du petit déjeuner...

Vaincue enfin par la fatigue, Helen resta allongée par terre, la tête cachée dans ses bras repliés.

L'Étrangère se pencha doucement vers elle et lui caressa les cheveux. Une fois encore, elle lui prit la main, la referma doucement sur la serviette, releva l'enfant et la conduisit à table.

Sans se débattre, Helen laissa l'Étrangère la guider. Avec son aide, elle plia sa serviette et la posa sur la table. Alors, enfin, l'Étrangère conduisit Helen vers la porte et l'ouvrit toute grande.

Ce fut une petite fille très calme qui descendit pour jouer dans le jardin.

Ann monta l'escalier et rencontra Mme Keller sur le palier.

— Elle a mangé son petit déjeuner et plié

sa serviette dit-elle, mais sa voix n'avait aucun accent de triomphe après cette première victoire.

Lorsqu'elle fut dans sa chambre, Ann se jeta sur son lit et se mit à pleurer.

Le jeu des mots

La bataille du petit déjeuner fut la première, et la plus violente, de celles qui mirent aux prises Helen et l'Étrangère, mais elle fut tout de même suivie de beaucoup d'autres.

Quand elle eut vécu une semaine chez les Keller, Ann comprit que si elle n'éloignait pas Helen de ses parents, elle ne pourrait absolument rien en faire. Lorsqu'elle punissait l'enfant pour l'habituer à la discipline, à l'obéissance qui lui seraient indispensables pour « apprendre » ultérieurement quelque chose, les parents intervenaient immédiatement. Le père, surtout, ne pouvait pas supporter de voir sa fille pleurer. Lui, qui était le seul à avoir un semblant d'autorité sur Helen, ne pouvait pas s'habituer à voir « l'Étrangère » prendre sa place. Pour lui aussi Ann restait « l'Étrangère ». Il se méfiait d'elle et prenait systématiquement le parti de l'enfant contre celui de l'institutrice. Il en était d'ailleurs très malheureux car il souhaitait en même temps, de toutes ses forces, qu'Ann réussît à faire sortir Helen de son isolement.

Helen sentit immédiatement que ses parents lui donneraient toujours raison contre l'Étrangère. Chaque fois que l'Étrangère voulait lui imposer sa volonté, elle se précipitait vers eux, qui, en effet, cédaient toujours.

— Nous ne pouvons pas nous en empêcher! avoua un jour Mme Keller à Ann. Nous avons tellement pitié de notre pauvre petite.

— Helen n'a pas besoin de votre pitié, répliqua vertement Ann Sullivan. Votre pitié ne lui a servi à rien et ne lui servira jamais à rien. Au contraire. Ce qu'il lui faut c'est votre aide.

— Mais que pouvons-nous faire? demanda Mme Keller en soupirant.

— Je sais très bien ce qu'il faut faire, répondit Ann. Il faut absolument que vous obteniez l'assentiment du capitaine Keller. Si j'étais seule avec Helen pendant quelque temps, j'arriverais peut-être à la faire obéir. Ici, elle peut courir vers vous, chaque fois que j'exige quelque chose d'elle. Pour elle je suis « l'Ennemie », car elle sent très bien que vous n'êtes jamais d'accord avec moi.

Si vous voulez que je l'aide, que je lui apprenne quelque chose, il faut absolument qu'elle ait confiance en moi et que je ne sois pas « celle-qui-punit-toujours ».

Mme Keller acquiesça.

— Nous avons une maison, à environ cinq cents mètres d'ici, dit-elle. Vous êtes passée devant en allant vous promener. Elle n'est pas grande, mais on peut l'aménager facilement. Vous pourriez y habiter pendant quelque temps avec Helen.

— C'est tout à fait ce qu'il nous faut! répondit Ann, ravie.

Restait à convaincre M. Keller. D'abord l'idée ne lui plut guère :

— Helen va s'ennuyer horriblement, dit-il. La pauvre petite. Si on l'emmène loin de nous, elle va sûrement tomber malade.

Pour faire plaisir à sa femme, il consentit tout de même à mettre le plan d'Ann Sullivan à l'épreuve.

Le lendemain, Helen partit faire une promenade en voiture. C'était une de ses distractions favorites et elle était ravie, mais elle ne rentra pas à la maison et se retrouva dans un endroit inconnu, seule avec l'Étrangère.

Au début, Helen ne s'étonna pas outre mesure. « Ils vont venir me chercher, pensait-elle, comme ils l'ont toujours fait jusqu'ici. »

Lorsque arriva l'heure de se coucher, cet espoir s'évanouit. Helen était habituée à dormir seule dans son petit lit. C'était déjà très pénible d'être obligée de monter dans ce grand lit froid qu'elle ne connaissait pas. On a vu que tout ce qui était « changement » intriguait Helen, l'amusait parfois, mais la mettait toujours dans un grand état d'agitation, de nervosité.

Quand l'Étrangère vint la rejoindre au lit, c'en fut trop; Helen se révolta.

— Non, non! criait-elle farouchement en elle-même. Va-t'en, je te hais, je te hais! Va-t'en!

Elle sauta à bas du lit et il fallut près de deux heures à l'Étrangère pour l'y ramener. Finalement, épuisée, Helen s'endormit, à l'extrême bord du lit, le plus loin possible de l'Étrangère.

— On aurait peut-être dû lui apporter son propre lit... Mais non, il faut que le dépaysement soit le plus complet possible!... Pour que je puisse enfin l'apprivoiser, se disait Ann.

Les jours suivants, Helen fut tellement occupée, qu'elle commença à oublier un peu sa haine envers l'Étrangère. Il y avait trop de choses intéressantes à faire. Elle n'avait plus le temps de se rouler par terre, de donner des coups de pied, même plus le temps de se méfier d'Ann, ni de la détester.

Pour commencer, l'Étrangère lui donna des perles et du fil. Les perles étaient de tailles et de formes différentes. Il y en avait en bois, d'autres en verre

Les petits doigts agiles et sensibles d'Helen apprirent très vite à enfiler les perles, à les trier, à les ranger en petits tas bien séparés. L'Étrangère lui fit composer un collier assez compliqué : deux perles dans un tas, trois dans un autre, etc. Helen y parvint avec une étonnante facilité.

— C'est amusant... avait-elle l'air de penser et, pour la première fois depuis qu'elles étaient toutes les deux seules, l'Étrangère la vit sourire.

Le jeu suivant était plus difficile encore. L'Étrangère donna à Helen une pelote de laine et un crochet. En lui tenant les mains, elle lui apprit à faire une boucle, à passer le crochet dedans, à le ressortir et à recommencer pour faire une chaînette.

Helen était fascinée, mais elle se trompait sans cesse. Oubliant complètement qu'elle détestait l'Étrangère, l'Ennemie, elle grimpait sans cesse sur ses genoux, lui tendait son ouvrage, lui prenait les mains pour que l'Ennemie lui montrât ce qui n'allait pas.

— Je peux faire cela! se disait-elle. J'y arriverai...

Elle continua toute la journée, jusqu'à ce qu'elle eût fait une chaînette qui avait presque la longueur de la pièce. Elle sourit de plaisir quand l'Étrangère la récompensa avec un gros morceau de gâteau. Elle ne s'écarta pas quand elle sentit la main d'Ann se poser sur son épaule.

Le jeu le plus passionnant c'était tout de même encore « le jeu des mains ». Helen ignorait naturellement que l'Étrangère lui enseignait ainsi l'Alphabet.

L'Alphabet Manuel que l'on voit page 8 est un langage par signes. Il a été inventé, au XVIIIe siècle, par un Français, l'abbé de l'Épée, pour que les sourds-muets puissent parler avec leurs mains.

En le regardant attentivement, on remarquera que chaque position des doigts représente une lettre différente.

Apprendre à « parler » avec l'Alphabet Manuel, ce n'est pas tellement difficile lorsqu'on voit : il suffit d'observer le modèle et de s'exercer à le reproduire avec les doigts.

Helen, qui était non seulement sourde-muette mais aussi aveugle, ne pouvait utiliser, pour apprendre, que le sens du toucher. Il fallait donc lui frapper dans les mains pour lui apprendre un alphabet qui tenait à la fois de l'Alphabet Manuel et de celui de Morse. Elle pouvait ensuite, avec ses propres doigts reproduire les différentes positions apprises et « parler ».

La tâche aurait été longue et désespérée si Helen n'avait pas eu l'esprit aussi vif. Loin d'être une débile mentale, comme le craignait son père, elle était d'une intelligence exceptionnelle. Elle avait une mémoire extraordinaire. En quelques jours, elle apprit à reproduire presque toutes les lettres de l'Alphabet que lui enseignait Ann. Elle ne les apprenait pas séparément et dans l'ordre : A, b, c, d, etc., mais globalement, sous forme de mots.

Chaque jour, elle apprenait des mots nouveaux : P-a-i-n, e-a-u, t-a-s-s-e, H-e-l-e-n, p-a-p-a, m-a-m-a-n, b-é-b-é.

Pour le moment, ces mots n'avaient aucun sens pour elle. « Le jeu des mots » n'était qu'un jeu. Helen était fière d'agiter ses doigts très vite, comme le lui montrait l'Étrangère, en faisant toutes sortes de mouvements variés. Cette dépense d'énergie était déjà pour elle, mais d'une façon confuse, une manière de s'exprimer.

L'Étrangère qui, chaque jour, recommençait les mêmes exercices, la regardait et se disait :

— Un jour, ces mots ouvriront les portes de ta prison, petite Helen... Je ne sais pas quand, mais nous y arriverons, il le faut!

Tous les matins, en allant à son bureau, M. Keller s'arrêtait devant la fenêtre de sa fille pour la regarder. Helen qui ne le voyait pas ni ne l'entendait, ne savait pas bien entendu qu'il était là.

— Comme elle est calme! se disait-il souvent en la voyant jouer avec ses perles ou avec son crochet. Ce n'est plus la même enfant et c'est déjà un miracle...

Un matin, il amena Belle, le chien d'Helen, dans la petite maison. Helen reconnut la fourrure soyeuse de son amie, avec ravissement. Elle la caressa, l'embrassa puis elle s'assit par terre, prit une des pattes de Belle et commença à lui remuer les griffes dans tous les sens.

— Que fait-elle donc? demanda le père, en regardant par la fenêtre. L'Étrangère qui voyait les doigts d'Helen sourit et répondit :

— Regardez, c'est extraordinaire : elle apprend au chien à épeler. Elle essaie de lui faire épeler : « p-o-u-p-é-e ».

Le capitaine Keller hocha la tête d'un air de doute :

— A quoi bon? dit-il. Elle ne connaît pas le sens du mot. C'est un simple jeu pour elle...

L'Étrangère eut un regard suppliant et répondit doucement :

— Elle en apprendra le sens un jour. Donnez-lui un peu plus de temps, juste un tout petit peu de temps...

E-A-U

La journée avait mal commencé. C'était le 5 avril, un mois et deux jours exactement après l'arrivée d'Ann Sullivan chez les Keller.

Sur les instances du capitaine Keller, qui voulait absolument avoir sa fille auprès de lui, Ann et Helen avaient quitté la petite maison. Ann avait accepté de bon cœur, car elle avait pris assez d'autorité sur l'enfant pour s'en faire obéir facilement. Helen ne courait plus jamais chercher aide et protection dans les jupes de sa mère lorsque Ann lui interdisait quelque chose ou exigeait d'elle une tenue parfaite à table. Les parents d'Helen, émerveillés par les résultats qu'avait déjà obtenus Ann, ne juraient plus que par elle et se gardaient bien d'avoir une opinion autre que la sienne.

Ann les avait persuadés d'apprendre l'alphabet manuel. Mme Keller s'y était mise très vite, mais le capitaine ne faisait pas de gros efforts.

— A quoi bon? répétait-il, tristement.

— Vous en aurez besoin, lui répondait l'Étrangère... Tôt ou tard, et peut-être plus tôt que vous ne le pensez... Helen connaîtra le sens des mots, elle parviendra à faire le lien entre le mot et la chose et alors vous pourrez lui parler, est-ce que vous comprenez cela? Vous pourrez communiquer avec elle, l'interroger et elle vous répondra!

Le capitaine Keller hochait la tête d'un air de doute. Il ne voulait pas se leurrer d'un espoir qui lui paraissait absolument fou. Il trouvait déjà bien beau que sa petite Helen fût devenue sage et tranquille.

Helen était beaucoup plus calme qu'auparavant. Tout le monde le remarquait. Elle ne se mettait plus en colère ou très rarement, et cela ne durait pas. Elle avait trop de choses amusantes à faire pour perdre son temps à se rouler par terre et, comme elle était constamment occupée, comme son attention était sollicitée sans cesse par les jeux, par les petits travaux que lui préparait Ann, elle n'avait plus ses crises d'angoisse qui la rendaient comme furieuse.

Ce matin-là, cependant, elle se sentait bizarre, irritée et de très mauvaise humeur.

Soudain, rien ne l'amusait plus; le jeu des mots, les doigts qui bougent, tout cela l'agaçait énormément.

— Je connais tout cela, se disait-elle, pourquoi est-ce qu'on joue toujours à la même chose ?

Toute la matinée, l'Étrangère avait épelé deux mots dans la main d'Helen : e-a-u et t-a-s-s-e. Elle épelait t-a-s-s-e, puis mettait une tasse dans la main d'Helen. Ensuite elle versait de l'eau dans la tasse, y trempait le doigt de l'enfant, et attendait, en espérant qu'Helen réagirait en épelant e-a-u.

Helen, qui ne comprenait pas du tout ce que lui voulait Ann, se contentait de reproduire fidèlement les gestes de l'Étrangère et écrivait inlassablement avec ses doigts : « tasse ». Elle sentait très bien que ce n'était pas du tout ce qu'Ann attendait d'elle.

— Mais qu'est-ce que tu veux donc ? se demandait-elle anxieusement en son for intérieur... Tu vois bien que je ne comprends pas... si je le savais, je le ferais...

L'enfant commençait à s'énerver.

— Inutile de continuer aujourd'hui, se dit Ann, en voyant Helen prête à casser la tasse. Reposons-nous un peu. Tiens...

Elle tendit à Helen la fameuse poupee qu'elle lui avait donnée le jour de son arrivée.

Cette poupée, c'était les petits aveugles de l'Institution Perkins qui avaient voulu l'offrir à Helen. Tous ces enfants aimaient beaucoup Ann. Ils étaient un peu tristes qu'elle dût les quitter. Mais Ann leur avait expliqué qu'elle allait s'occuper d'une petite fille qui avait encore plus besoin d'elle qu'eux tous. Les enfants, émus, avaient décidé d'offrir la poupée, et Laura Bridgman, la jeune femme sourde-muette et aveugle comme Helen, avait tenu à l'habiller. Évidemment, Helen n'était guère au courant de tout cela. Mais elle aimait beaucoup sa poupée neuve, avec laquelle elle jouait très souvent, en l'asseyant à côté de la vieille poupée de chiffons, ou en la couchant dans un petit lit qu'on lui avait donné pour la consoler d'avoir dû céder le berceau à sa petite sœur.

Helen, qui était décidément très intelligente, avait senti sous ses doigts les yeux de la poupée neuve. Comme sa vieille poupée (qui n'était, à vrai dire, qu'un sac de chiffons assez informe) n'avait plus d'yeux, Helen avait apporté deux perles à Ann et lui avait fait comprendre qu'il fallait les coudre sur le visage de la vieille poupée pour lui faire des yeux.

Voyant la petite fille de nouveau calme et heureuse au milieu de ses jouets, Ann essaya une nouvelle fois de lui présenter la tasse vide, en épelant avec ses doigts : t-a-s-s-e, puis elle y versa l'eau : e-a-u. Furieuse d'être dérangée, exaspérée de ne pas comprendre le nouveau jeu auquel Ann s'obstinait à vouloir la faire jouer, Helen attrapa sa poupée neuve et la jeta par terre. La tête se fracassa en une demi-douzaine de morceaux.

Quand elle sentit sous ses doigts les morceaux coupants, qu'Ann s'empressa de lui retirer pour les jeter dans la corbeille à papier, Helen resta immobile. Elle ne se roula pas par terre. Elle se pelotonna dans un fauteuil sans pleurer, sans grogner, mais toute son attitude signifiait clairement : puisque je ne suis bonne à rien, laissez-moi tranquille.

Pour lui changer les idées, Ann connaissait, heureusement, un excellent moyen : elle lui apporta son grand chapeau de paille. Helen bondit sur ses pieds; le chapeau, cela voulait dire le jardin, le soleil, la promenade; c'était excellent!

Ce qu'Helen ne savait pas, c'est que la leçon n'était pas finie. L'Étrangère avait une idée : elle emporta la tasse et se dirigea avec l'enfant vers le puits, au fond du jardin.

Helen aimait beaucoup le jardin. Elle aimait l'odeur du chèvrefeuille et celle des roses grimpantes qui montaient le long de la maison. Elle aimait toucher les feuilles épaisses et légèrement piquantes des bordures de buis. Elle sentait sur ses bras, sur ses mains, la chaleur du soleil et elle percevait très bien les vibrations de l'air bourdonnant d'abeilles, ou le rapide passage des oiseaux-mouches qui volaient autour d'elle, nullement effarouchés et ravissants.

Au bord du puits, le jardinier était précisément en train de tirer de l'eau. Ann conduisit Helen auprès de lui, et remit encore une fois la fameuse tasse dans les mains de l'enfant, puis elle fit couler un peu de l'eau du seau dedans.

Le premier réflexe d'Helen, furieuse, fut de jeter la tasse. Mais elle aimait la sensation de fraîcheur qui régnait au bord du puits, et elle aimait le froid de l'eau. Elle s'amusait souvent à faire couler de l'eau sur sa main. Ann prit alors cette main et y épela le mot : e-a-u, lentement d'abord, puis de plus en plus vite.

Brusquement, Helen laissa tomber la tasse. Elle demeura absolument immobile, rigide, respirant à peine. Elle SAVAIT. Elle avait compris, elle avait enfin compris ! Une sorte de révélation confuse, puis très claire, lui était venue soudain, une pensée nouvelle s'était mise à tourner dans sa tête :

— E-a-u ! e-a-u ! cette chose merveilleusement fraîche, cette chose amie, c'était e-a-u?

Helen saisit avidement la main de l'Étrangère. En tremblant, ses petits doigts épelèrent : e-a-u. Elle avait à peine terminé, qu'elle sentit l'Étrangère lui tapoter l'épaule en signe d'approbation. Elle avait raison, c'était cela!

Pour la première fois de sa vie, Helen Keller venait de « parler » à quelqu'un. Toute sa vie, elle devait garder le souvenir de cet instant magique où le mystère du langage lui avait été révélé.

Les yeux de l'Étrangère se remplirent de larmes et elle s'écria :

— Helen, tu as compris! tu as compris!

Helen ne pouvait pas l'entendre. Mais elle comprenait qu'elle venait de faire une découverte extraordinaire. Si ce qu'elle avait épelé à l'instant, voulait dire « eau », que voulaient dire tous les autres jeux auxquels elle avait joué souvent avec l'Étrangère?

Elle se baissa vivement, ramassa une poignée de terre et la tendit à Ann. Immédiatement Ann répondit à cette « question ». Helen n'aurait pas pu, en effet, lui demander plus clairement : « Dis-moi comment ça s'appelle ». « T-e-r-r-e » épela Ann, en remuant ses doigts dans la main de la petite fille.

Ann épela le mot plusieurs fois. Helen ne perdait pas un seul de ses gestes. Elle l'imita et épela à son tour : « t-e-r-r-e ». C'était enregistré, gravé dans sa mémoire. Elle ne l'oublierait plus.

Il lui fallait savoir, tout savoir! Pas une minute à perdre! Vite! Dans un état d'excitation et de jubilation extraordinaires, la petite fille se mit à courir, ici, là, en touchant tout ce qu'elle pouvait atteindre. Et les mains de l'Étrangère ne cessaient plus de lui parler : b-r-a-n-c-h-e, p-u-i-t-s, v-i-g-n-e. Tout en courant, Helen se jeta, tête baissée, dans les jambes de la nurse qui arrivait dans le jardin portant, dans ses bras, la petite sœur d'Helen. Cette petite sœur, Helen l'avait détestée, elle la détestait de moins en moins, depuis qu'Ann était arrivée et avait commencé à la « civiliser ». Mais Mildred n'avait pas de nom pour Helen. C'était « elle », la chose, l'ennemie... Vite, Helen toucha sa petite sœur, puis courut vers Ann. « Qu'est-ce que c'est, réponds, réponds-moi vite! » B-é-b-é... Elle reconnaissait le mot. Ann le lui avait épelé souvent. Maintenant, cela avait un sens; elle, la chose, c'était « bébé ». Tout prenait un sens, tout voulait dire quelque chose!

Brusquement, Helen s'arrêta et parut réfléchir profondément. Puis elle tendit la main vers l'Étrangère.

— Qui es-tu, toi? semblait dire cette main.

Ann comprit fort bien la « question » que lui posait anxieusement son élève et elle épela :

— M-a-î-t-r-e-s-s-e.

Lentement, lentement, de plus en plus vite, Helen épela à son tour : maîtresse.

C'en était fini de « l'Étrangère », finie l'hostilité, finie toute la méfiance qu'Helen avait pu éprouver pour Ann, méfiance qui avait déjà bien disparu, mais dont il restait un petit quelque chose dans le cœur de l'enfant. Helen avait compris en un éclair que d'Ann lui viendrait toute connaissance, que grâce à elle les portes de la prison s'étaient ouvertes toutes grandes.

MAITRESSE! C'était le mot-clé, le mot qui ouvrait tout. C'était en tout cas le mot le plus beau qu'Ann Sullivan eût jamais « entendu ».

Tout a un nom !

Ce soir-là, quand il rentra de son bureau, le Capitaine Keller fut accueilli à la porte par sa femme et sa fille aînée. Il n'y avait là rien que de très normal et ce soir-là, comme tous les soirs précédents, le capitaine prit Helen dans ses bras pour lui donner un baiser. C'est alors que se produisit un événement extraordinaire :

Helen glissa des bras de son père (alors que, d'habitude, elle restait longtemps à se faire câliner), elle courut vers l'Étrangère et lui saisit impatiemment la main. L'Étrangère, qui avait fort bien compris ce que voulait la petite fille, lui épela patiemment un mot dans la main.

Un sourire éclaira le visage d'Helen. Elle savait, elle connaissait, elle avait répété cent fois ce mot ! Elle saurait parfaitement le refaire. Tout de suite, elle se précipita vers son père et agita ses doigts.

— Qu'est-ce donc? demanda le père. Qu'est-ce qu'elle essaie d'épeler?

D'une voix tremblante d'émotion, Mme Keller s'écria :

— Mais c'est « Papa ! » Arthur, elle te dit « papa » avec ses doigts!

Dans leur joie et leur excitation, Mme Keller et Ann Sullivan parlaient en même temps : elles racontaient ce qui s'était passé au bord du puits. Elles s'extasiaient sur les progrès de la petite fille qui, en un après-midi, n'avait cessé de se faire « nommer » tous les objets qu'elle rencontrait, toutes les personnes qu'elle connaissait et qui était parfaitement capable de « parler » à son tour en agitant ses petites mains.

Le Capitaine Keller prit la main d'Ann Sullivan dans la sienne et il commença une phrase : « Je vous remercie... » Mais il ne put aller plus loin. Le soir même, il commença à étudier l'alphabet manuel et, cette fois, il n'était plus question « d'à quoi bon ». Il voulait rattraper le temps perdu, afin d'être à même de « parler », lui aussi, à sa fille.

Pour Helen, c'était la découverte la plus passionnante de sa vie. Tout avait un nom! Elle voulait apprendre tous les noms à la fois. A la fin de la journée, épuisée, la tête en feu, mais folle de joie, elle connaissait déjà trente mots. Avec une patience inlassable, Ann Sullivan lui avait épelé, répété chaque mot une fois, deux fois, dix fois et, avec un acharnement véritablement extraordinaire, la petite fille avait repris le même mot une fois, deux fois, dix fois.

Lorsque Helen monta dans sa chambre pour se coucher, elle retrouva la poupée cassée. Le jour de la poupée cassée, qui avait si mal commencé, était tout de même un grand jour! Pour la première fois de sa vie, Helen eut un confus sentiment de remords, mais la joie était la plus forte. Lorsque Ann Sullivan se pencha pour l'embrasser et lui souhaiter une bonne nuit, Helen lui mit les bras autour du cou et la serra fort. Elle l'embrassa, ce qu'elle n'avait encore jamais fait et elle laissa Ann Sullivan l'embrasser. Cette fois, le pacte était conclu : amies pour toujours.

Tandis qu'Helen, ravie, se tournait et se retournait dans son lit, trop excitée pour s'endormir, Ann Sullivan, de son côté, se posait anxieusement mille questions :

— Que dois-je faire maintenant? Lui nommer toutes les choses? Mais après, que faire? Je n'ai pas assez appris moi-même... je ne saurai jamais... je ne sais rien... Comment faire pour être à la hauteur...? La petite est d'une intelligence exceptionnelle... Il faut absolument alimenter cette intelligence. Sa vie de prisonnière, qui faisait pitié à tout le monde, peut se transformer en une vie passionnante...

Ann Sullivan songeait aussi à sa propre enfance. Elle n'avait pas été beaucoup plus prometteuse que ne l'était celle d'Helen. Par certains côtés, elle avait même été encore plus atroce.

Helen avait des parents qui l'aimaient et qui étaient prêts à tous les sacrifices pour elle. Sans se décourager, ils l'avaient conduite chez tous les médecins qu'on leur avait indiqués. Ils avaient eu raison puisque, après bien des déceptions, ils avaient tout de même rencontré Ann Sullivan.

Ann, elle, avait perdu sa mère à l'âge de huit ans. Deux ans plus tard, son père l'abandonnait, ainsi que son petit frère Jimmie. Jimmie était malade : une luxation congénitale de la hanche, mal soignée, l'avait laissé infirme. Ann avait une vue très faible et tout le monde pensait qu'elle serait bientôt complètement aveugle. Personne ne voulait se charger des deux enfants. On les plaça donc dans un hospice, à Tewksbury, dans le Massachusetts.

Cet hospice n'était nullement destiné à recevoir des enfants. Les autres pensionnaires étaient des vieillards nécessiteux, qui n'avaient plus la force de travailler et qui n'avaient rien pour vivre. La plupart de ces vieillards étaient malades ou gâteux.

Jimmie était mort à l'hospice. Ann y resta quatre ans. Comme elle était devenue presque totalement aveugle, une des infirmières de l'hospice eut la bonne idée de la confier à l'école pour enfants aveugles de Boston, dirigée par M. Anagnos.

Jusque-là, Ann avait été complètement abandonnée à elle-même. Elle ne savait ni lire ni écrire. Malgré ses quatorze ans, elle se retrouva avec des enfants de six ans qui se moquaient d'elle en disant qu'elle devait être bien bête pour ne pas avoir été capable d'apprendre quoi que ce soit jusqu'ici.

Ann était loin d'être bête. Elle était même d'une intelligence supérieure. Lorsqu'elle eut quinze ans, un ophtalmologiste réussit à lui rendre la vue grâce à une opération. Désormais, elle pouvait apprendre à lire et à écrire comme tous les enfants. Il lui était simplement recommandé de ne pas trop fatiguer ses yeux. Avec une belle énergie, Ann rattrapa le temps perdu et devint une bonne élève.

Lorsque le capitaine Keller écrivit à M. Anagnos pour lui demander conseil, celui-ci pensa tout de suite à Ann. La jeune fille avait été aveugle elle-même, elle comprendrait mieux que quiconque les problèmes qui pouvaient se poser à l'enfant. Elle savait lire les lettres en relief, comme les aveugles, elle savait se servir de l'Alphabet Manuel. Enfin, elle aimait les enfants. Ann, qui avait été abandonnée par son père, qui avait perdu sa mère et, plus tard, son jeune frère, n'avait plus de famille. Elle s'occupait des petits enfants de l'institution Perkins avec une patience exemplaire. M. Anagnos savait, par expérience, que la patience est la première qualité d'un bon pédagogue. Ann était capable de recommencer inlassablement une explication et, comme elle était très bonne et très gaie, les enfants l'aimaient et faisaient des progrès avec elle.

Lorsque M. Anagnos proposa à Ann de partir chez les Keller, la jeune fille accepta tout de suite. Elle était un peu effrayée à l'idée de ne pas être à la hauteur de sa tâche. D'août 1886 à février 1887, avant son arrivée à Tuscumbia elle consacra tout son temps à préparer sa « mission ». Elle se pénétra des leçons du Dr Howe, ce médecin qui avait réussi à faire « parler » Laura Bridgman, sourde, muette et aveugle comme Helen. Le docteur Howe était directeur de l'Institution Perkins en 1837, quand il avait recueilli Laura Bridgman. Le Dr Anagnos devait lui succéder quelque temps après et continuer à mettre en pratique ses méthodes.

Ann Sullivan, allongée sur son lit, ne pouvait pas s'endormir : elle était trop heureuse, trop excitée par les premiers résultats qu'elle avait obtenus avec Helen. Helen n'aurait pas l'enfance lamentable que tout le monde lui prédisait, elle n'aurait pas l'enfance triste et démunie qu'Ann avait connue elle-même.

— Je vous en prie, ne permettez plus à personne de l'appeler « pauvre petite », demanda Ann, dès le lendemain, aux parents d'Helen.

— Helen n'est pas une « pauvre petite ». C'est une enfant robuste et bien portante, d'une intelligence remarquable. Elle est cent fois plus intelligente que la plupart des enfants qui voient et qui entendent. Il ne faut surtout pas l'habituer à s'apitoyer sur elle-même. Elle n'est pas à plaindre, car elle ne s'ennuiera plus jamais dans la vie. Ne la décourageons pas, ne l'entourons pas d'interdits : « Tu ne peux pas faire cela, ce n'est pas possible, hélas, tu n'en es pas capable, etc., etc. ». Je suis persuadée qu'Helen nous réserve bien des surprises !

Ann Sullivan voulait absolument qu'Helen puisse jouer, courir, sauter, comme les autres enfants de son âge. Elle choisissait un espace bien dégagé où l'enfant ne pouvait pas se cogner et elle la faisait courir à en perdre haleine, comme un vrai garçon manqué.

— Ne vous inquiétez pas, disait-elle pour rassurer la mère d'Helen. Même si Helen attrape quelques bosses, cela n'a aucune importance. L'important, c'est qu'elle apprenne à se débrouiller, qu'elle n'ait plus peur, qu'elle n'avance pas dans la vie en tâtonnant et en se méfiant. Elle est très adroite et, avec son sens du toucher extraordinairement développé, elle apprendra à « sentir » les obstacles à distance et à se diriger avec aisance.

Ann avait remarqué qu'Helen ne riait jamais. Elle en parla à Mme Keller. Depuis qu'elle avait obtenu des résultats inespérés avec Helen, Ann avait plus d'assurance et elle n'hésitait pas à poser des questions qui faisaient parfois de la peine aux Keller, mais qui l'aidaient à mieux connaître l'enfant.

— Helen n'a jamais ri depuis qu'elle a été malade, dit Mme Keller, tristement. Je crois bien qu'elle ne sait pas comment on fait...

Un après-midi, Ann et Helen couraient dans le jardin. Elles jouaient à « chat ». Ann attrapa Helen, qui se tortillait dans tous les sens, et la chatouilla.

Assis sur les marches de l'escalier du jardin, les Keller entendirent alors quelque chose qui leur sembla vraiment merveilleux :

— C'est Helen, s'écria Mme Keller. Elle rit, elle *rit* !

La joie d'apprendre

Helen apprenait tous les jours des mots nouveaux. Elle enregistrait très vite et les doigts d'Ann ne cessaient de courir dans sa main, pour épeler, épeler sans cesse. Le moment était venu de franchir un nouveau cap. Helen ne savait pas encore faire de phrases. Il fallait « s'y mettre ».

Ann Sullivan en parla à Mme Keller :

— Comment avons-nous appris à parler quand nous étions petits? demanda-t-elle. En écoutant parler les autres, évidemment. Helen apprendra de la même manière, en « écoutant » nos doigts dans sa main.

Mme Keller acquiesça. Elle acquiesçait toujours à ce que disait Ann.

— Mais ne pensez-vous pas que ce sera bien long? demanda-t-elle timidement.

— Ce sera peut-être plus rapide que vous ne le pensez, répondit Ann. Helen a un esprit très vif. Au début, elle ne comprendra pas les nouveaux mots que nous écrirons dans sa main, mais elle comprendra ceux qu'elle connaît, ils l'aideront à faire le lien et je crois qu'elle sentira d'elle-même, étant donné sa maturité intellectuelle, le besoin de « faire des phrases ». Nous allons commencer dès ce matin.

Jusque-là Helen ne connaissait que des noms, les noms des choses, des personnes, le nom de ses animaux, chien et chat. Avant de pouvoir faire des phrases, elle devrait apprendre à utiliser les verbes : « être », « courir », « marcher », « aller », « venir », etc. Et des prépositions : « dans », « sur », « à », « de ».

Son institutrice lui donna des cartes qui portaient, imprimés en relief, des mots qu'elle connaissait : b-o-î-t-e, t-a-b-l-e, H-e-l-e-n, a-r-m-o-i-r-e.

Helen passait les doigts sur les cartes. Chaque fois qu'elle avait touché un mot, Ann le lui épelait dans la main. La petite fille comprit très vite. Les bosses qu'elle sentait sous son doigt signifiaient la même chose que les mouvements des doigts de sa maîtresse dans sa main. Chaque série de bosses avait une signification différente.

Après avoir appris à « parler », Helen était en train d'apprendre à « lire ».

La petite fille était très contente. Le nouveau jeu l'amusait beaucoup. Elle prenait sans cesse Ann par la main et cela voulait dire « jouons encore ».

Ann lui donna alors des cartes qui portaient des bosses incompréhensibles : « E-S-T » et « S-U-R ». Elle n'essaya pas de les lui expliquer, mais inventa un nouveau jeu, passionnant.

Elle plaça une boîte sur la table. Puis elle posa la carte avec le mot BOITE sur la boîte et celle avec le mot TABLE sur la table. Entre les deux cartes, elle mit celles qui portaient les mots EST et SUR.

Helen passa le doigt sur toutes ces cartes. Elle fut intriguée quand elle sentit les mots EST et SUR et ravie quand elle reconnut BOITE et TABLE.

Le jeu des « mots inconnus » était encore plus amusant que tous les autres. Comme Ann le pressentait, Helen comprit très vite la construction des phrases. Elle en avait besoin. Son esprit, parfaitement et même exceptionnellement éveillé pour son âge, ne pouvait se satisfaire de mots énoncés sans lien les uns avec les autres. La syntaxe lui apparaissait comme « allant de soi ».

— Elle a un tel désir d'apprendre! disait

Ann à Mme Keller. Venez voir ce qu'elle a fait!

Ann conduisit Mme Keller dans la chambre d'Helen : la petite fille avait ouvert son placard et était entrée dedans en laissant la porte grande ouverte. Sur sa robe elle avait épinglé la carte : HELEN. A terre, à côté d'elle, elle avait étalé les cartes : EST, DANS et PLACARD!

— Elle a fait ça toute seule, dit Ann Sullivan fièrement. C'est sa première phrase!

Avant la fin d'avril, Helen construisait des phrases qui n'étaient pas toujours parfaites, mais qui toutes « voulaient dire quelque chose ». Elle les corrigeait avec l'aide d'Ann.

Tout en apprenant à construire des phrases avec les cartes, Helen continuait à apprendre à lire, Ann utilisait la même méthode que celle dont elle s'était servie pour l'Alphabet Manuel : Helen apprenait à reconnaître les mots globalement.

Ann Sullivan fit venir de Boston de petits livres imprimés en relief. Ils contenaient des histoires très courtes et très simples pour débutants. Les doigts d'Helen couraient sur les pages, reconnaissant au passage des mots familiers, des mots amis qui l'aidaient à comprendre le sens général de l'histoire et qui lui permettaient de se familiariser avec la syntaxe. Peu à peu, elle apprenait ainsi de nouveaux mots, des expressions, des tournures de phrases.

Jamais Helen n'avait l'impression de « travailler ». Les leçons, c'était des jeux très amusants; il n'y avait pas d'heures de travail, mais des découvertes continuelles. Ann Sullivan, peut-être parce qu'elle avait été aveugle elle-même et qu'elle s'était occupée d'enfants aveugles, avait une étonnante faculté de description. Elle savait raconter à Helen le spectacle de la vie et elle n'ennuyait jamais l'enfant en exigeant une attention trop soutenue.

Ann Sullivan donnait volontiers ses leçons en plein air. Pour Helen, « lire » c'était aussi sentir la bonne odeur des pins résineux et de la vigne vierge. Assise à l'ombre d'un tulipier sauvage avec son institutrice, elle passait sagement, tranquillement, ses doigts sur les lettres en relief. Où était la petite furie d'antan?

Les Keller vivaient dans une ferme aux environs de Tuscumbia. Ann emmenait Helen dans les champs où les paysans labouraient et semaient. Elle lui faisait toucher la terre retournée, tiédie par le soleil. Un jour, elle lui donna des graines et lui apprit à les semer Quelques semaines après, elle lui fit toucher les petites pousses qui avaient germé de la graine.

En ce printemps, qui était pour Helen comme un premier printemps, naissaient les poulains, les veaux, les agneaux. Un jour, Ann mit dans les bras d'Helen un porcelet dodu qui se tortillait et essayait de s'échapper. Helen riait et le tenait ferme! Elle aimait caresser ses soies à la fois douces et épaisses. Ann posa le doigt d'Helen sur la gorge de l'animal pour qu'elle put la sentir vibrer car le porcelet poussait des cris perçants. C'était déjà une première « leçon de voix », mais ni Helen ni même Ann ne savaient que cette première leçon serait suivie plus tard de beaucoup d'autres. Helen avait mille choses à apprendre en attendant.

Les leçons de sciences naturelles se poursuivaient le plus gaiement du monde, entre le jardin, l'étable, l'écurie et la basse-cour. Helen fut littéralement transportée de joie quand sa maîtresse lui fit toucher un œuf, au moment précis où le poussin donnait les premiers coups de bec pour sortir de la coquille!

Elle fut également très contente quand Ann Sullivan lui apprit à grimper aux arbres. Pour commencer, Ann guida très prudemment les mains et les pieds d'Helen de branche en branche. La petite fille, qui avait une confiance absolue dans sa maîtresse, n'avait pas peur de tomber. Elle grimpait de plus en plus vite et de plus en plus adroitement tout en haut de son arbre préféré, un cerisier sauvage. Avec Ann, elle y passait de longues heures, juchée sur une haute branche, et elle faisait courir ses doigts, avec application, sur les livres que le Dr Michael Anagnos lui envoyait de Boston.

Un matin où il faisait très chaud, en revenant de promenade, Ann et Helen montèrent dans l'arbre et trouvèrent qu'il faisait bien meilleur, bien plus frais, à l'ombre des grosses branches. Ann proposa de déjeuner dans l'arbre. Helen comprenait parfaitement tout ce que sa maîtresse lui épelait dans les doigts. Elle ne s'inquiéta pas quand Ann lui épela : « Attends-moi. Je reviens avec le déjeuner ».

Laissant Helen, perchée sur une branche comme un écureuil, Ann partit chercher des sandwiches pour le pique-nique.

Son absence fut beaucoup plus longue qu'elle ne l'avait prévue. La cuisinière noire voulut absolument lui donner deux parts d'un gâteau qui n'était pas encore tout à fait cuit et elle lui prépara, dans un panier, un vrai déjeuner de roi, alors qu'Ann pensait prendre simplement du pain et du jambon.

Pendant ce temps, Helen avait parfaitement

senti que le temps changeait. Elle devinait que le ciel s'était couvert parce qu'elle ne sentait plus la chaleur du soleil, cette chaleur qui signifiait pour elle « lumière ». A l'odeur de la terre, elle devinait aussi qu'il allait bientôt pleuvoir. Aucun de ces signes précurseurs d'orage n'échappait à Helen. La petite fille était absolument terrorisée. Seule! Elle était toute seule, elle était perdue!

L'air était devenu absolument calme, mais Helen sentait qu'il allait se passer quelque chose.

Brusquement, des rafales frappèrent les branches qui se mirent à se balancer dans tous les sens. L'enfant frissonna et s'accrocha de toutes ses forces à la grosse branche sur laquelle elle était assise. Des brindilles se cassèrent, des feuilles s'envolèrent en lui frôlant le visage.

Un coup de tonnerre éclata enfin. Helen ne l'entendit pas, mais le sentit parfaitement : ces vibrations insolites et d'une violence exceptionnelle l'effrayèrent encore davantage. Au moment où la pluie commençait à tomber à verse, Helen fut saisie par une main vigoureuse qu'elle reconnut avec joie : c'était celle de « maîtresse ». La petite fille se précipita dans les bras d'Ann : elle se sentait sauvée, mais elle avait encore une peur terrible.

Pendant plusieurs jours après l'orage, il ne fut plus question de monter dans un arbre. Helen faisait un détour lorsqu'elle passait près du cerisier et Ann, désolée, ne voulait pas la forcer, car elle voyait bien que l'enfant n'avait pas retrouvé son calme.

Un matin de bonne heure, Helen sortit seule dans le jardin. Un parfum qui lui parut délicieux se répandait dans l'air. A tâtons, prudemment, Helen alla jusqu'au fond du jardin car elle avait parfaitement reconnu l'odeur du mimosa qui poussait près de la clôture. L'arbre était bien là, en effet, baigné de soleil. Ses branches chargées de fleurs traînaient presque jusqu'à terre.

Helen s'arrêta au pied de l'arbre, un peu hésitante, puis toujours à tâtons et très prudemment, elle posa le pied sur la fourche qui divisait le tronc et commença à se hisser de branche en branche. Les branches étaient très grosses, leur écorce rugueuse, Helen avait de la peine à les saisir et s'écorchait les mains. Elle continuait tout de même et elle avait le sentiment d'accomplir un acte héroïque qui l'emplissait de fierté.

C'était bien, en effet, un acte héroïque. Helen, assise sur une haute branche, au milieu des fleurs de mimosa, avait un peu l'impression d'être l'un de ces courageux chevaliers dont elle lisait les aventures dans ses livres.

— Et voilà, se dit-elle triomphalement en s'installant sur un petit banc que quelqu'un avait dû mettre en haut de la fourche il y avait de cela longtemps, et qui s'était incrusté dans l'arbre... J'y suis arrivée, ce n'était pas difficile... Maintenant, je n'aurai plus jamais peur et j'arriverai à tout!

Helen écrit une lettre

Trois mois après qu'Helen eut appris à relier les mots et les choses, trois mois après le fameux épisode de « l'eau et la tasse », vint le moment de franchir un nouveau pas.

Un matin, Helen était assise à côté d'Ann. La petite fille s'ennuyait beaucoup, elle aurait voulu aller se promener, mais Ann ne voulait pas, car il faisait trop chaud. Elle tendit à Helen un de ses livres de lecture, un des petits livres qui venaient de Boston. Ce petit livre, Helen l'avait déjà « lu » cent fois. Ses doigts couraient vite le long des pages et l'histoire ne l'amusait plus, elle la savait par cœur. Elle posa le livre et, ne sachant vraiment plus quoi faire, elle s'approcha d'Ann et la poussa du coude, ce qui voulait dire très clairement : « Occupe-toi de moi. »

Ann Sullivan était assise à son bureau, occupée à écrire une lettre. On sait que sa vue était très mauvaise; écrire la fatiguait beaucoup. Helen ne lui facilitait pas la tâche en lui donnant des coups de coude et en tournant autour d'elle comme un petit animal impatient.

Lorsque l'enfant eut failli renverser l'encrier, Ann posa sa plume et s'écria :

— Petite coquine! Que vais-je bien faire de toi?

Elle prit la main d'Helen, et, patiemment, comme elle l'avait déjà fait une dizaine de fois depuis le début de la matinée, elle épela :

— Va-t'en. J'écris une lettre.

Helen savait ce que voulait dire « une lettre ». Une lettre, pour elle, c'était l'enveloppe que l'on portait au bureau de poste en allant se promener, et qu'Ann lui permettait de jeter dans la boîte.

Mais Helen ne savait pas du tout ce que voulait dire « écrire ». Qu'à cela ne tienne : Ann écrivait, elle écrirait aussi. Elle tira encore une fois sa maîtresse par la manche et lui épela rapidement :

— Helen... lettre... Helen... lettre.

Ann était trop émerveillée par la rapidité d'esprit de l'enfant, par son incessante curiosité, pour la faire attendre plus longtemps. Elle se leva, alla à son armoire et prit sur une planche une boîte dont elle ne pensait pas avoir à se servir si vite.

Elle sortit de la boîte un morceau de carton épais, de la taille d'une feuille de papier à lettres. Helen avait posé sa main sur le poignet d'Ann et suivait tous ses mouvements.

Le carton était rayé comme une page de cahier d'écolier, mais les lignes n'étaient pas imprimées, elles étaient gravées dans le carton et formaient des sillons que l'on pouvait facilement suivre avec le doigt. C'était une sorte d'« écritoire ».

Ann le tendit à Helen et guida les doigts de l'enfant le long des sillons. Elle mit ensuite une feuille de papier sur le carton, appuya fortement à l'endroit des sillons pour les faire bien apparaître, et de nouveau les fit tâter à Helen, pour lui donner la notion de « ligne ».

Elle lui donna un crayon et, en lui tenant la main, lui fit faire des « dessins » entre les lignes. Helen écrivit ainsi, sans s'en rendre compte :

« Le chat boit du lait. »

Ann lui fit recommencer, plusieurs fois, toujours le même « dessin ». Après plusieurs essais, Helen repoussa la main de sa maîtresse, ce qui voulait dire :

— Laisse-moi faire, j'ai compris!

Ann caressa légèrement la petite main appliquée et retourna à sa propre correspondance. Quand elle eut terminé, Helen avait disparu. Ann se préparait à aller retrouver la petite fille, qui était sans doute descendue jouer dans le jardin, malgré la chaleur et malgré les conseils de sa maîtresse, quand Mme Keller entra dans la chambre avec une feuille de papier plié.

— Helen m'a apporté ceci, dit-elle. Elle essaie de m'expliquer quelque chose à propos d'une lettre... elle a l'air enchantée et très excitée.

Sur toute la surface de la feuille, Helen avait écrit les mots « chat », « boit » et « lait ». L'écriture était évidemment maladroite, inégale. Les lettres penchaient dans tous les sens, mais elles étaient tout de même lisibles et surtout elles étaient écrites entre les lignes, avec beaucoup de soin.

— Bien, dit Ann Sullivan. Helen est tellement en avance sur le programme que je m'étais fixé, qu'il faut nous décider à la suivre... Ce n'est pas nous qui sentons si le moment est venu ou non d'apprendre quelque chose de nouveau, c'est elle!

Ann sortit de la boîte plusieurs morceaux de cartons ne comportant plus simplement des lignes, mais de grandes lettres en relief qui ressemblaient à des lettres imprimées ordinaires. Seulement, ces lettres étaient entièrement composées de lignes droites. Flles étaient donc toutes carrées, même le « O » et le « G ».

— C'est un Alphabet en relief, expliqua Ann à Mme Keller. Nous nous en servons pour apprendre aux petits aveugles à écrire comme tout le monde. On a essayé de leur faciliter la tâche en donnant aux lettres une forme carrée. Lorsqu'on ne voit pas ce que l'on fait, il est plus facile de tracer des lignes droites, que des lignes courbes.

Jusque-là, pour « parler » avec l'Alphabet Manuel, pour lire les petits livres de Boston, Helen n'avait pas appris à décomposer les mots en syllabes et encore moins en lettres. Quand elle rencontrait un mot qu'elle connaissait, comme « Boîte », elle ne le décomposait pas. Elle le retrouvait globalement, en le tâtant du bout des doigts.

Chaque ensemble de bosses sur une carte ou dans un livre représentait un mot ; de même, chaque ensemble de mouvements dans la paume de la main, c'était aussi un mot, pris globalement. Chaque mot avait ainsi sa « configuration ».

Helen avait appris qu'une suite de mots formait une phrase. Maintenant, il lui fallait apprendre que les mots se décomposent en lettres, et qu'à partir de ces lettres on peut reformer des mots.

Ann commença par le mot « bébé », mot très simple formé de deux syllabes identiques. Elle plaça les quatre lettres carrées dans un support et laissa Helen les étudier, les « voir » avec ses doigts.

— Voilà « bébé », lui épela-t-elle.

Puis, elle plaça la main gauche d'Helen sur les lettres. Dans sa main droite, elle mit un crayon et la guida pour qu'elle écrivît « bébé », en lettres carrées, sur le papier fixé à l'écritoire.

Helen comprit très vite ce qu'elle faisait. Elle établit facilement une relation entre les lettres qu'elle touchait, les lettres qu'elle écrivait, et les mots qu'elle avait l'habitude de lire dans ses petits livres. Les lettres carrées n'étaient tout de même pas très différentes de celles des livres.

Ce nouveau jeu plaisait encore plus à l'enfant que tous ceux qu'elle connaissait déjà. Elle y passa tant de temps et elle serrait son crayon si fort qu'elle se fit un durillon à l'index. Ann devait l'obliger à se promener. Helen, qui aimait tant jouer dans le jardin, ne pensait plus qu'à son « écritoire ».

Maintenant qu'elle avait appris toutes ses lettres, elle pouvait « lire » et écrire toutes sortes de mots nouveaux. Elle apprenait à les utiliser dans des phrases. Elle s'exerçait en même temps à les écrire sur son papier, en suivant avec application les lignes en relief.

Un jour, elle tendit à Ann un morceau de papier plié en quatre. Ses petits doigts agités dansaient pour épeler dans la main de son institutrice :

— Helen a écrit une lettre!

Cette lettre ne voulait pas dire grand-chose. Helen avait écrit bout à bout toutes les phrases qu'elle venait d'apprendre : « Bébé mange sa soupe — Helen a une robe neuve — Maîtresse a un livre », etc. Mais il y avait à peine une semaine qu'Helen avait appris à écrire le mot « bébé ». Ses progrès, encore une fois, étaient beaucoup plus rapides qu'on n'aurait pu l'espérer. Ann Sullivan avait raison : il ne fallait pas plaindre Helen, c'était un sujet exceptionnellement doué.

L'autre écriture

Apprendre à écrire avec un crayon, ce n'était pas facile. Helen s'appliquait énormément. Depuis quelques jours, son tracé était devenu plus régulier, et plus léger. Elle ne transperçait plus le papier et sa main était moins crispée. La petite fille avait maintenant un nouveau sujet de curiosité. Elle avait découvert qu'Ann Sullivan écrivait quelquefois des lettres sans crayon. Ces « autres lettres » intriguaient l'enfant. Elle voulait tout savoir, elle voulait faire tout ce que faisait Ann.

Un matin, elle avait trouvé son institutrice en train de percer des trous à l'aide d'un style, dans un petit cadre en métal.

Helen ne savait pas encore très bien poser les questions qui la tracassaient. On était au début de juin et Ann n'était là que depuis trois mois à peine. Mais quand Helen plaçait sa main sur le poignet d'Ann, on a vu que celle-ci comprenait parfaitement ce que cela voulait dire :

— Qu'est-ce que tu fais? disait clairement la petite main impatiente.

Ann posa son style et épela dans la main d'Helen :

— Attends un instant, je vais te montrer.

Helen attendit, immobile et sage, comme toujours lorsqu'elle savait qu'Ann allait lui apprendre quelque chose de nouveau. L'institutrice perça encore quelques trous, retira du cadre un morceau de papier épais et le mit de côté. Puis elle tendit le cadre à Helen.

Le cadre était fait de deux bandes métalliques qui avaient à peu près la taille de ces petites règles que les enfants ont dans leurs trousses d'écolier. Les deux bandes étaient maintenues ensemble d'un seul côté par une charnière. Dans celle du dessus, il y avait de petits trous, et dans celle du bas, des points en relief qui correspondaient aux trous.

Ann reprit le cadre. Elle y glissa une feuille de papier épais, referma les deux bandes comme un moule à gaufres et donna le cadre à Helen.

— Tiens, épela-t-elle dans la main de l'enfant. Tu peux jouer avec.

Elle lui donna alors le style et lui montra comment on perçait les trous.

Helen commença à perforer le papier avec beaucoup de sérieux. Elle ne savait pas du tout pourquoi elle devait faire cela, mais elle avait confiance. Les jeux que lui apprenait Ann lui avaient déjà ouvert tant de portes! Le temps de la prison obscure et silencieuse était loin.

Quand Helen eut percé plusieurs rangées de trous, Ann ouvrit le cadre et sortit le papier. Elle le retourna et fit sentir à Helen les points en relief. En passant dans les trous, la pointe du style avait enfoncé le papier sur les bosses et l'avait imprimé.

Helen était fascinée. Elle enfonçait inlassablement le style dans le papier, retirait celui-ci, et tâtait les points en relief qu'elle avait faits.

Maintenant, elle voulait en savoir plus long. Sa main, sur le poignet d'Ann, posa une autre question :

— A quoi est-ce que ça sert?

— C'est une autre façon d'écrire, lui épela Ann

Helen était intriguée. Elle savait très bien ce que voulait dire « écrire » et elle était très fière justement d'écrire elle-même. Comment pouvait-on écrire en perçant des trous? Écrire, c'était tracer des lettres.

— Quelle drôle de chose, se dit-elle.

Presque tout ce qu'Ann lui avait appris, était d'abord bizarre, déconcertant. Peu à peu, cela devenait amusant, intéressant, passionnant même. Il fallait donc perforer ce papier et attendre avec patience la suite des événements.

Helen « travailla » jusqu'à ce qu'il n'y eût plus de place sur le papier. Elle tendit alors la main pour donner sa page à Ann, mais Ann était partie. La petite fille descendit dans le jardin où elle retrouva sa mère et son institutrice qui se balançaient dans des fauteuils à bascule en agitant leurs éventails. Il faisait très chaud.

Helen tendit à Ann sa page couverte de points et ses petits doigts épelèrent :

— Lettre!

— Je ne pensais pas qu'elle avait vraiment compris que j'écrivais une lettre! s'écria Ann, ravie. Puisque c'est comme cela, je vais commencer bientôt à lui apprendre à lire et à écrire le Braille. Attendons tout de même qu'elle sache se servir parfaitement d'un crayon.

Ann attendit jusqu'à la fin de juillet. Elle commença à apprendre à Helen cette écriture des aveugles, inventée vers 1830 par un Français, Louis Braille, qui a donné son nom à la méthode.

Le Braille s'écrit sur du papier épais, uniquement avec des points en relief, que les aveugles peuvent « lire » du bout des doigts. Chaque groupe de points représente une lettre.

— Un point, c'est « a », le même « a » que celui que tu fais avec ton crayon, expliqua Ann, en épelant dans la main d'Helen. Deux points c'est « b »...

Helen comprit tout de suite et apprit bientôt tout l'Alphabet Braille. Elle fut ravie quand Ann lui donna un livre imprimé en Braille. C'était beaucoup plus facile pour elle de suivre les points en relief que les lettres en relief ordinaires.

— Maintenant, nous allons commencer à écrire en Braille, dit Ann. Ce petit cadre avec lequel tu joues s'appelle une Ardoise Braille et cette pointe dont tu te sers pour faire des trous, est un style.

Ann attendit qu'Helen eût glissé, très adroitement, car elle en avait maintenant bien l'habitude, un morceau de papier dans l'Ardoise Braille. Puis Helen prit le style et commença à percer des trous, de gauche à droite... dans le sens où elle avait appris à écrire avec un crayon.

Ann hocha la tête et soupira. Il y avait là une difficulté supplémentaire à franchir. Elle refléchit quelques instants, pendant qu'Helen s'amusait tout à son aise avec le style. Puis, elle donna à l'enfant une mince feuille de papier et un crayon. Lui guidant la main et appuyant fort sur le crayon (contrairement à ce qu'elle lui avait appris jusqu'alors) elle lui fit écrire le mot « bol ».

Quand elles retournèrent le papier, Helen sentit les lettres, mais elles étaient à l'envers et cela donnait : « Lob ».

Ann fit percer le mot « bol » à Helen, en Braille, sur l'ardoise, de gauche à droite. Quand elles sortirent la feuille et la retournèrent, les lettres étaient à l'envers, comme les lettres au crayon, tout à l'heure.

L'institutrice remit la feuille dans l'ardoise et, en guidant la main d'Helen, elle lui fit percer le mot « bol » de droite à gauche, et non de gauche à droite comme elle aurait dû le faire avec un crayon. Quand elles sortirent la feuille et la retournèrent, le mot « bol » était bien comme il devait être!

Helen resta un moment complètement immobile, indice chez elle d'un grand effort de réflexion et d'une grande concentration, puis elle reprit le style et perça d'autres mots en allant cette fois de droite à gauche.

Elle ressortit vivement la feuille et la retourna. Les mots étaient sous ses doigts, rangés en bon ordre, en points, parfaitement clairs et lisibles. Ann lui donna une petite tape de félicitation sur l'épaule et l'enfant se mit à rire de plaisir.

Ann lui prit la main et épela :

— C'est ça ! Tu as très bien compris. Maintenant, il ne te reste plus qu'à t'exercer pour arriver à écrire très vite.

Helen découvrit que c'était beaucoup plus amusant d'écrire en Braille que d'écrire au crayon, parce qu'en retournant la feuille, elle pouvait relire ce qu'elle avait écrit. Elle avait bien envie d'écrire toutes ses lettres en Braille. C'était tellement plus facile.

Ann hésita avant de lui expliquer pourquoi elle ne pouvait pas écrire toutes ses lettres en Braille. Est-ce qu'Helen savait que les gens qui l'entouraient voyaient avec leurs yeux ? Rien dans l'attitude de l'enfant ne permettait de répondre à cette question. Beaucoup plus tard, Helen saurait expliquer qu'elle avait gardé un confus souvenir de sa vie « avant », avant la maladie qui l'avait si durement frappée, confus souvenir de la lumière et des couleurs. Mais pour le moment ce souvenir était enterré au plus profond de l'inconscient. Helen ne savait pas que les autres n'étaient pas comme elle.

Finalement, Ann prit doucement la main d'Helen et lui expliqua :

— Tout le monde ne sait pas lire le Braille comme toi, ma chérie. La plupart des gens ne savent se servir que d'un crayon et d'un papier ordinaire. C'est pour eux que tu dois continuer à t'exercer!

Helen fut très contente. Ann aussi, qui voulait avant tout que l'enfant prît goût à l'existence et mît en valeur ses dons exceptionnels. Mutilée par la maladie, Helen avait conservé des facultés intellectuelles très supérieures à celles de la plupart des gens qu'elle serait amenée à rencontrer. Ann Sullivan était maintenant persuadée du « génie » de son élève. Comme elle était simple, modeste, et trop passionnée par sa tâche pour penser à elle-même, elle ne se disait jamais que sans elle, ce génie serait resté ignoré de tous et d'Helen, pour commencer.

Un ami inattendu

Helen ne tenait pas en place. Ann avait bien de la peine à la coiffer et à rouler sur ses doigts « les anglaises », ces longues boucles qui étaient alors la coiffure à la mode pour les petites filles. Helen attrapa son chapeau et se précipita vers la porte.

Elle avait terriblement hâte de partir. C'était un grand jour : Ann l'emmenait au cirque.

Ann souriait, mais faisait non de la tête, car Helen venait d'épeler dans sa main :

— Helen va voir un lion!

Ann en doutait un peu. « Voir » pour Helen, c'était « toucher ». Pour « voir » un lion, il faudrait qu'elle puisse le caresser. Ann n'avait aucune envie de faire entrer son élève dans une cage au milieu des bêtes fauves.

Helen aimait beaucoup les animaux, c'est vrai, et savait admirablement leur « parler ». Ses mains très sensibles savaient déceler le plaisir ou le mécontentement sous les caresses.

Elle ne faisait jamais mal à sa chienne, Belle, la fameuse Belle à laquelle elle avait essayé d'apprendre l'alphabet manuel!

Voyant que son élève aimait les animaux et que les animaux lui apprenaient beaucoup de choses (même s'ils n'arrivaient pas à apprendre l'alphabet manuel!), Ann donna à Helen un canari.

Ce canari, nommé Tim, était très apprivoisé. Il venait se percher sur le doigt d'Helen et mangeait dans sa main des cerises au sucre candi. Chaque matin, après le petit déjeuner, c'était Helen qui préparait son bain, net-toyait sa cage, lui préparait des graines et de l'eau fraîche. Elle n'oubliait pas d'accrocher quelques tiges de mouron à la petite balançoire de l'oiseau.

Un matin, Helen laissa quelques instants la cage sur une banquette, dans l'embrasure de la fenêtre, pour aller chercher l'eau du bain de son cher Tim. Lorsqu'elle revint dans la chambre, elle se sentit frôlée au passage par la queue d'un gros chat. Helen ne s'inquiéta pas de cette fâcheuse visite. Mais lorsqu'elle passa sa main dans la cage pour caresser son oiseau, elle ne le trouva plus.

Helen eut un grand chagrin quand Ann lui expliqua que le chat avait mangé l'oiseau. Puis elle lui expliqua que l'on ne pouvait pas en vouloir au chat et qu'il était dans la nature des chats de manger les oiseaux, de même qu'il était dans la nature des lions de manger les girafes et les gazelles.

Pendant quelque temps, Helen refusa de caresser le chat, puis elle lui pardonna.

— Helen verra « peut-être » un lion, épela Ann dans la main de l'enfant. Mais un lion est fort, gros, énorme, sauvage. Il n'aime peut-être pas les petites filles, ou bien alors, il les aime trop... rappelle-toi Tim!

Helen n'avait pas du tout l'impression de ressembler à un pauvre oiseau sans défense. Elle répondit en épelant très vite :

— Helen ramènera le lion à la maison et le rendra gentil.

Lorsque Helen avait fait ses premiers pas hors de sa prison obscure et silencieuse, le monde dans lequel elle avait pénétré était bien petit. Il était limité à ce qu'elle pouvait atteindre et toucher et dont Ann Sullivan pouvait lui dire le nom en l'épelant dans sa main. Mais, avec chaque mot nouveau, son petit monde s'élargissait un peu.

Après les lieux familiers, le jardin, la maison, le puits, les champs, les forêts alentour, Helen avait appris, par la magie des doigts de sa maîtresse, l'existence de tout un vaste monde inconnu.

Lorsqu'elles étaient toutes les deux assises en haut du mimosa, Ann avait parlé à Helen des bêtes sauvages qui rôdent dans les forêts, dans la jungle, très loin de Tuscumbia. De toutes ces bêtes, c'était le lion qui intéressait le plus Helen.

— Le lion appartient à la famille des félins, lui avait dit Ann. Le lion est un cousin éloigné, un cousin très grand et très puissant des chats.

Helen avait terriblement envie de voir ce grand chat qui était le roi des animaux.

Depuis quelques jours, depuis que les premières affiches multicolores étaient apparues un peu partout sur les murs de la ville, Ann racontait le cirque à Helen.

Elle lui avait décrit les clowns qui faisaient rire les gens avec leurs grimaces, les funambules qui se balançaient très haut au-dessus du sol sur un fil, les trapézistes qui voltigeaient dans l'espace et sautaient d'une balançoire à l'autre.

Et surtout, surtout, il y avait les animaux! Les petits singes qui faisaient des tours, les girafes au long cou, les énormes éléphants qui pouvaient attraper des cacahuètes dans la main des spectateurs avec leur longue trompe.

— Et les lions, ajoutait toujours Helen...

Le grand jour était enfin là. Cramponnée à la main de maîtresse, Helen courait pour arriver plus vite. Elle ne pouvait pas voir le grand chapiteau, elle n'entendait pas non plus les cris des enfants, ni le boniment des clowns qui invitaient les spectateurs à entrer, ni l'orgue de Barbarie qui jouait un air de foire.

Elle savait tout de même qu'elle était arrivée, à cause de l'odeur! L'odeur, ou plus exactement la puanteur, lui paraissait délicieuse, à elle, qui avait l'odorat si développé et si délicat!

Helen s'appliquait à distinguer tous les « parfums » violents qui l'entouraient. Il y avait l'odeur de la sciure : elle la connaissait pour avoir visité une scierie près de la ferme de Tuscumbia. Il y avait l'odeur délicieuse du maïs grillé et des hamburgers qu'elle aimait particulièrement. Ann lui avait expliqué qu'autour du cirque il y avait beaucoup de petites boutiques, où les spectateurs venaient se régaler à l'entracte et après le spectacle.

Il y avait surtout une odeur nouvelle, l'étrange odeur des fauves, cette odeur qui prenait Helen à la gorge et la faisait tousser. Mais pour rien au monde, elle ne serait partie!

Ann l'emmena d'abord devant les singes. Elle expliqua au gardien qu'Helen ne pouvait ni voir ni entendre.

— Est-ce qu'elle aura peur si je les laisse grimper sur elle? demanda-t-il.

Ann répondit que non, et aussitôt, Helen sentit sur son épaule une petite créature dont les mains minuscules et agitées lui chatouillaient le cou. Helen n'avait pas peur : elle caressa avec ravissement le petit visage ridé.

Le singe attrapa le chapeau d'Helen et voulut le poser sur sa propre tête : Helen se mit à rire. Puis, un autre singe grimpa à son tour sur elle et se mit à tirer le ruban qu'elle avait dans les cheveux.

— Je ne sais pas qui s'amuse le plus, dit le gardien, des singes ou de la petite fille!

— Peut-on en ramener un à la maison? Je t'en prie... je t'en prie, épelait Helen à toute vitesse dans la main de son institutrice.

Très vite, la nouvelle se répandit à travers le cirque qu'il y avait là une petite fille aveugle et sourde-muette. Les « gens du voyage » décidèrent immédiatement de tout faire pour qu'Helen garde un souvenir émerveillé de sa visite.

Les clowns lui permirent de toucher leur visage. Elle sentit sous ses doigts le fard, le faux nez, les gros sourcils... Les trapézistes descendirent de leur balançoire et l'installèrent doucement dessus. Les acrobates firent leur numéro tout près d'elle pour qu'elle pût suivre les mouvements avec ses mains.

Quand Ann et Helen arrivèrent devant la girafe, l'un des gardiens souleva la fillette à bout de bras pour lui permettre de saisir le cou de l'animal. Plus loin, un gros ours noir lui tendit poliment sa patte poilue pour lui dire bonjour.

Helen fut un peu surprise quand elle sentit le bout humide de la trompe de l'éléphant dans sa main, mais elle se mit à rire quand il y cueillit délicatement une cacahuète.

On présenta Helen à la Princesse d'Orient qui montait l'éléphant pendant la grande parade. Les doigts d'Helen examinèrent le costume à paillettes, le gros cabochon de la coiffure; la Princesse d'Orient demanda à Ann Sullivan :

— Est-ce que la petite fille veut venir avec moi?

Helen partit dans les airs et crut s'envoler... Elle se retrouva assise à côté de la Princesse, sur l'énorme éléphant qui balançait placidement la tête. Cette fois, la petite fille avait pu « mesurer » la hauteur, fabuleuse pour elle, de l'animal.

Pour finir par le plus beau, Ann conduisit Helen devant la cage du lion. Aussitôt, les doigts de l'enfant se mirent à voltiger.

— Que dit-elle? demanda le dompteur.

Ann avait expliqué à tous les gens du cirque qu'Helen parlait avec ses mains, et tous admiraient son extraordinaire vélocité.

Ann Sullivan soupira :

— Elle veut voir le lion, expliqua-t-elle. Mais pour elle « voir » cela signifie entrer dans la cage et passer la main sur le corps de l'animal!

Le dompteur se gratta la tête d'un air perplexe :

— Je ne laisse jamais les gosses s'approcher des fauves, dit-il. Ils s'agitent trop. Et quand une de mes bêtes s'énerve, elle peut faire beaucoup de mal...

Il se tut et regarda Helen :

— Est-ce que la petite a déjà été avec des animaux?

— Oh oui, répondit Ann Sullivan. Elle y est habituée. Généralement, les animaux l'aiment beaucoup.

— Bon, dit le dompteur. J'ai un lionceau qui n'a pas encore sa taille définitive. Il est doux comme un chat. Je peux lui faire confiance. On essaie?

Il sortit ses clefs et conduisit Ann et Helen jusqu'à une cage installée derrière le chapiteau du cirque, à l'écart de la foule.

— Je ne l'entraîne pas encore, dit-il en regardant le jeune fauve avec une sorte de tendresse. Il est trop jeune. Je me contente de l'habituer à moi; le dressage viendra ensuite. Je le garde ici parce que je ne veux pas qu'on le taquine ou qu'on lui fasse peur, c'est alors qu'il deviendrait méchant.

Quand Ann et Helen entrèrent dans la cage derrière le dompteur, le lion — qui était déjà une bête superbe et imposante avec une magnifique crinière — se leva et s'étira paresseusement.

— Nous avons de la compagnie, Pete, dit le dompteur.

Et il gratta son élève favori derrière les oreilles. Il prit ensuite la main d'Helen et la plaça sur le dos de Pete. Guidée par le dompteur, Helen passa lentement et doucement sa petite main sur tout le corps de l'animal. Puis elle caressa l'épaisse crinière. Pete demeurait calme et parfaitement détendu.

Le doigt léger de la petite fille descendit entre les deux yeux de Pete, le long du mufle. Le lion se mit alors à faire d'étranges bruits, plutôt terrifiants, avec la gorge. Helen ne les entendait pas, mais elle sentait parfaitement les vibrations; elle ne semblait pas du tout effrayée, mais attentive et très contente.

Ann, elle, était affolée :

— Pourquoi grogne-t-il? demanda-t-elle au dompteur.

— Mais non, madame, il ne grogne pas, dit celui-ci en riant. Il ronronne, figurez-vous, comme un chat! Évidemment, il fait un peu plus de bruit, mais c'est sa façon de dire qu'il est heureux!

Quand Ann et Helen furent sorties de la cage, la petite fille souriait et ses doigts s'agitaient dans toutes les directions.

— Que dit-elle maintenant? demanda le dompteur.

— Elle dit que le lion ronronne fort! répondit Ann en riant.

— Eh bien, dites-lui donc qu'elle serait une excellente dompteuse si elle le voulait, reprit l'homme enthousiasmé.

Le soir, chez les Keller, on eut bien de la peine à persuader Helen que le lion, la girafe et l'éléphant seraient malheureux à la ferme, et qu'ils ne pourraient, en aucun cas, s'installer dans sa chambre à coucher!

L'enfant la plus célèbre du monde

— Elle recommence à se ronger les ongles.

Ann Sullivan semblait découragée. Mme Keller et elle regardaient Helen qui se mordillait rêveusement l'ongle du pouce.

Helen ne pouvait évidemment pas savoir que sa mère et son institutrice étaient en train de parler d'elle.

Brusquement, Ann prit une décision :

— Je suis désolée d'en arriver là, mais...

Elle s'approcha rapidement d'Helen et lui donna une tape sur la main. Puis elle fouilla dans sa boîte à couture et en sortit un ruban. Elle prit la main d'Helen et inscrivit dedans, avec des gestes beaucoup plus secs que d'habitude :

— Je ne veux pas que tu te ronges les ongles, je te l'ai déjà dit. Tu continues! Je vais donc t'apprendre à ne plus le faire.

Puis, avec un ruban, elle attacha les mains de l'enfant derrière son dos.

Helen était trop surprise pour pleurer. La punition dura environ une demi-heure, mais la petite fille eut envie de dire beaucoup de choses pendant cette demi-heure. Et elle ne pouvait pas « parler » avec ses mains attachées.

— Je crois vraiment que la punition a été plus dure pour Miss Sullivan que pour Helen, dit Mme Keller en racontant, le soir, l'incident à son mari. Si tu l'avais vue faire les cent pas en regardant sa montre!

Helen était maintenant une enfant de huit ans, heureuse et bien élevée. Elle ne piquait plus ses célèbres colères, mais elle avait un certain nombre de défauts comme toutes les petites filles. Elle était parfois paresseuse, désordonnée et n'aimait ni se laver, ni se coiffer.

Généralement, quand elle voulait la punir, Ann l'envoyait au lit. C'était la première fois qu'elle employait « les grands moyens ». Mais elle voulait obtenir à tout prix qu'Helen ne se rongeât plus les ongles.

Comme la petite fille s'exprimait uniquement avec les doigts, tous les gens qui venaient la voir, avaient le regard fixé sur eux.

— Nous ne pouvons pas la laisser mettre

ses ongles dans cet état! se lamentait Miss Sullivan.

C'était d'autant plus important qu'Helen était devenue l'enfant la plus célèbre du monde. Ann Sullivan avait tenu le Dr Anagnos très régulièrement au courant des progrès de son élève. Des articles avaient paru sur elle dans des revues médicales et pédagogiques. Très vite, sa célébrité avait dépassé le cadre limité des spécialistes de l'éducation des aveugles et des sourds-muets. La petite fille, qui ne voyait pas, n'entendait pas et ne parlait pas, mais qui avait appris pourtant beaucoup plus de choses que la plupart des enfants de son âge, était maintenant connue dans tous les pays.

Les gens ne s'attendrissaient pas, ils n'éprouvaient pas à son égard une pitié larmoyante, mais bien plutôt une admiration totale et entière. Helen était une preuve vivante de la toute puissance de l'esprit humain.

La petite fille ignorait absolument cette célébrité, qui était la sienne. Elle ne savait rien des articles de journaux qui paraissaient à son sujet. Miss Sullivan l'avait voulu ainsi :

— Cela pourrait lui faire le plus grand mal si elle le savait, expliqua-t-elle aux parents d'Helen. Il ne faut surtout pas qu'elle devienne une enfant prodige, gâtée, prétentieuse... Elle cesserait de faire des progrès et deviendrait finalement malheureuse.

Comme l'on ne pouvait parler à Helen qu'en lui épelant les mots avec les doigts, il était facile de lui cacher ce qu'il y avait dans les journaux. Peu de gens savaient se servir de l'Alphabet Manuel.

Ce fut une petite fille radieuse (et une petite fille qui avait perdu l'habitude de se ronger les ongles), qui partit en voyage avec Ann Sullivan quelques semaines plus tard, par un beau matin de mai. Au moment où le train quittait la gare de Tuscumbia, Helen s'installa confortablement sur la banquette et saisit la main de sa maîtresse.

Elle savait qu'Ann lui décrirait tout le paysage qui défilait derrière la vitre ; les arbres fruitiers en fleur, les hommes qui travaillaient dans les champs, les toits, les clochers des villes et des villages qu'elles traverseraient, et, au loin, les hautes montagnes bleutées que surplombaient de gros nuages blancs.

Helen avait appris ce qu'étaient les montagnes, les fleuves, les vallées. Ann Sullivan lui donnait ses leçons de géographie au bord du fleuve Tennessee, qui coulait près de la maison. Une des promenades favorites de la petite fille et de son institutrice était un lieu-dit appelé « le débarcadère des Keller », où il y avait une sorte de vieux quai de bois à moitié démoli. Là, Helen construisait des digues avec des cailloux, dessinait des îles et des lacs, creusait des lits de rivière, tout cela en s'amusant beaucoup et en ne se doutant pas un instant qu'elle « travaillait ».

Ann lui dessinait dans le sable des cartes en relief et l'enfant suivait du doigt la cime des « montagnes » ou le cours des « rivières ». Puis l'institutrice lui décrivait les volcans, les villes ensevelies, les fleuves qui charrient des glaçons... Tout cela patiemment épelé dans la main de la petite fille attentive.

Helen savait que, dans le train, elle serait au « spectacle » et qu'Ann lui « dirait » tout. Elle se faisait une fête de ce voyage. Ann lui avait expliqué que ce serait le plus long qu'elle eût jamais fait. Elles allaient à Boston, dans le Massachussets, c'est-à-dire dans le Nord des États-Unis. Il leur faudrait deux journées entières et une nuit pour y arriver. Elles dormiraient et prendraient leur repas dans le train.

— C'est comme si j'habitais une maison sur roues! épela Helen.

A Boston, Ann et Helen étaient attendues à l'Institution Perkins. Le Dr Anagnos était très impatient de rencontrer l'enfant, après tout ce qu'Ann lui en avait dit. Helen, elle, se réjouissait à l'idée de jouer avec des enfants qui sauraient lui « parler » avec leurs mains.

Pendant longtemps, Helen n'avait pas compris le sens du mot « aveugle ». Elle s'était vite rendu compte que les autres parlaient avec leur bouche et qu'elle-même n'en était pas capable. Elle posait souvent son doigt sur les lèvres de sa mère ou sur celles d'Ann pour les « sentir parler ». Il lui fallut bien plus de temps pour comprendre à quoi servaient les yeux.

Un jour, cependant, ses doigts posèrent la question à son institutrice :

— Que font mes yeux?

Ann Sullivan comprit qu'il lui fallait maintenant donner la vraie réponse. On se souvient qu'elle avait bien hésité avant d'expliquer à Helen pourquoi tous les gens qu'elle connaissait n'utilisaient pas l'écriture Braille. Cette fois-ci, elle lui dit :

— Moi, je vois avec mes yeux. Mais toi, tu vois avec tes doigts.

Helen plaça la main sur les yeux d'Ann, puis sur les siens. Elle était intriguée. Parce que sous ses doigts elle avait senti exactement la même chose.

Tandis que l'institutrice l'observait, pleine d'anxiété, Helen se mit à agiter les doigts :

— Mes yeux sont malades, dit-elle.

Ann Sullivan avait le cœur serré. « Pourvu qu'elle ne soit pas désespérée en s'apercevant qu'elle n'est pas comme les autres », songeait-elle. Mais Helen ne s'en inquiétait nullement. Grâce à Ann, sa vie était trop remplie, trop passionnante, pour qu'elle eût le temps d'être triste ou découragée. Elle s'était habituée à « voir » avec ses doigts. Ses doigts, eux, étaient des serviteurs fidèles. Grâce à eux, elle pouvait « écouter » Ann, et Ann lui apportait tout le vaste monde dans le creux de sa main.

Pour le moment, la petite fille était surtout enchantée à l'idée de rencontrer d'autres enfants. Des enfants qui lui « parleraient », ce que ne savait pas faire Martha Washington, la petite Noire.

Ann lui expliqua qu'il y avait à l'école une dame, Laura Bridgman, qui ne pouvait pas non plus parler avec sa bouche.

— Les gens lui parlent comme je te parle à toi, avec leurs doigts. C'est pourquoi tous les enfants de l'école ont appris le langage des doigts.

Quand Helen arriva à l'Institution Perkins, à Boston, elle découvrit qu'elle pouvait, elle aussi, parler très facilement avec Laura Bridgman et elle passa des heures délicieuses à jouer avec tous les petits élèves du Dr Anagnos. Il y avait, à l'Institution Perkins, des jouets spécialement conçus pour les enfants aveugles et des quantités de livres écrits en Braille.

Helen retourna plusieurs fois à Boston pendant son enfance. Le Dr Anagnos voulait suivre ses progrès. A l'occasion de ces voyages, la petite fille rencontra des gens célèbres qui avaient demandé instamment à la rencontrer.

C'est ainsi qu'Helen devint l'amie du poète John Greenleaf Whittier et d'un autre écrivain, Oliver Wendell Holmes. Holmes publia, dans la revue qu'il dirigeait, une des lettres qu'Helen lui avait écrites. Helen aimait beaucoup John Greenleaf Whittier; elle ne le considérait pas comme un homme célèbre — on a vu qu'elle ignorait jusqu'à la signification de ce mot — mais comme un vieux monsieur délicieux et plein de bonté.

Le Dr Hale, qui était pasteur et qui venait très souvent à l'Institution Perkins, appelait toujours Helen en riant : « ma petite cousine ». Monseigneur Phillips Brooks, l'évêque, prenait Helen sur ses genoux et lui racontait l'Histoire Sainte; Ann Sullivan « traduisait », en épelant dans la main de l'enfant.

Une fois, en allant à Boston, Ann et Helen s'arrêtèrent à Washington pour rendre visite au Dr Alexander Graham Bell, l'inventeur du téléphone. C'est le Dr Bell, on s'en souvient, qui avait donné l'adresse de l'Institution Perkins à M. et Mme Keller. C'est grâce à lui qu'Ann Sullivan était arrivée un beau jour à Tuscumbia pour transformer la vie d'Helen. La petite fille avait très bien compris ce que voulait dire le mot « reconnaissance ».

Pendant qu'Ann et Helen étaient à Washington, le Dr Bell voulut absolument les emmener à la Maison Blanche voir le Président des États-Unis, qui était alors Cleveland. Ce fut « le premier Président », de la vie d'Helen! Elle devait rencontrer tous ceux qui exercèrent leur mandat pendant son existence, y compris, après la deuxième guerre mondiale, le Président Eisenhower, dont elle devait dire qu'il lui avait adressé « un charmant sourire ».

Helen elle-même devenait de plus en plus célèbre. Des quantités de personnes lui envoyaient des cadeaux, lui écrivaient régulièrement. On donna son nom à un bateau, dans l'État du Maine. A Londres, la reine Victoria s'enquit d'elle auprès de l'ambassadeur des États-Unis.

Helen restait une petite fille gaie, simple et heureuse, grâce à Ann qui la protégeait contre les adulations excessives de ses admirateurs. Ann tenait absolument à ce qu'Helen ait une vraie vie d'enfant.

Après le premier voyage à Boston, elle décida d'emmener la petite fille au bord de la mer. Cette idée enthousiasma Helen. Toutes deux partirent donc pour Cap Cod, qui n'était pas très loin de Boston. Helen était pressée de « voir » la mer et de se baigner.

Le premier après-midi, Helen grillait d'impatiente à l'idée de mettre son joli costume de bain neuf. A peine prête, elle partit comme une flèche, et, sans l'ombre d'une crainte, se jeta à l'eau.

Au début, ce fut merveilleux. Les vagues la soulevaient comme des bras puissants, elle sautait dans l'eau fraîche et battait des mains. Soudain, elle se cogna le pied à un rocher, perdit l'équilibre, une grosse vague arriva juste à ce moment-là, la souleva et la précipita la tête la première dans l'eau... Helen se débattait, à bout de souffle, terrifiée... mais Ann Sullivan la prit bien vite dans ses bras, la sécha, la frictionna. A peine Helen eut-elle repris ses esprits, qu'elle épela dans la main de son institutrice :

— Qui a mis du sel dans l'eau?

Ann avait oublié de lui dire que l'eau de mer était salée!

Cinq minutes après, oubliant sa peur, Helen retournait dans l'eau. Elle apprit à résister aux vagues et même à escalader les rochers. Elle était passionnée par les coquillages, les algues, les galets et... les crabes qu'elle attrapait très adroitement en bloquant leurs pinces.

Ann lui expliqua comment les mollusques « bâtissent » leur coquille. Elle lui parla de l'argonaute qui navigue sur les eaux bleues de l'océan Indien « dans son vaisseau de nacre ». Elle lui raconta comment les minuscules polypes font surgir, au milieu du Pacifique, des îles de corail. Elle compara, avec des mots très simples qui « parlaient » à l'enfant, le développement d'un coquillage et celui de l'esprit humain : le coquillage prend à la mer les éléments dont il a besoin pour se développer, de même l'esprit prend sa nourriture autour de lui, et la transforme pour en faire une création personnelle.

Helen ne se rendait pas compte, lorsqu'elle jouait gaiement avec ses galets et ses petites coquilles, qu'elle commençait à manier les idées abstraites... elle jouait sur le sable, tout simplement, et elle était surtout fière de pouvoir écrire à sa cousine à la fin des vacances :

— Je sais nager maintenant.

L'hiver dans la neige

L'hiver suivant, Helen et Ann Sullivan retournèrent à l'Institution Perkins. Helen était enchantée de retrouver ses amis, et Ann devait mettre au point avec le docteur Anagnos un programme d'études pour l'enfant qui faisait des progrès beaucoup plus rapides que tout ce que l'on aurait pu espérer.

C'était le premier hiver qu'Helen passait dans le Nord. Elle se réjouissait énormément à l'idée de « voir » de la neige, car à Tuscumbia il faisait toujours chaud et l'on ne savait pas ce qu'était la neige en Alabama.

Ann et Helen étaient arrivées à Boston à l'automne et Helen avait déjà été surprise parce qu'il y faisait tellement plus froid qu'à la maison. Dans le Nord, il n'y avait pas de mimosa, ni de tulipier, mais la petite fille aimait marcher dans le parc et faire craquer les feuilles mortes sous ses pieds. Les doigts de son institutrice lui racontaient :

— Les arbres sont tout noirs et nus. Leurs branches se découpent sur le ciel comme une dentelle. Ce n'est pas gai et doux comme dans le jardin de Tuscumbia, mais c'est très beau tout de même.

Ann et Helen avaient de nouveaux amis dans le Nord, parmi lesquels les Chamberlin, une charmante famille qui vivait dans une maison appelée la Ferme Rouge, près du village de Wrentham, à une quarantaine de kilomètres de Boston. M. Chamberlin écrivait des articles pour le *Transcript*, l'un des meilleurs journaux de Boston.

Plusieurs fois, pendant l'hiver, Ann et Helen furent invitées à faire des petits séjours chez les Chamberlin. La Ferme Rouge était un endroit fort gai, très animé, plein d'enfants, de chiens et de chats! La maison, immense, était vaste et riche en coins et en recoins. Elle donnait sur l'Étang du Roi Philip, ainsi baptisé par les Pèlerins, ces colons anglais qui fondèrent New Plymouth.

Le jour où la neige se mit à tomber, Helen, emmitouflée jusqu'aux yeux, bien chaussée dans des bottes fourrées, jouait dehors avec les enfants Chamberlin. Ann Sullivan lui retira aussitôt un de ses gants et les gros flocons tomberent sur sa main.

— Où sont-ils partis ? demandèrent anxieusement les doigts d'Helen.

Les flocons avaient naturellement fondu au contact de la peau, et la petite fille, incrédule, tâtait sa main, toute étonnée de n'y trouver qu'un peu d'eau glacée.

La neige continua de tomber pendant tout l'après-midi, et le soir, un vent violent se mit à souffler, un vent glacial du nord-est. La maison gémissait, grinçait, les branches ployaient sous le vent et la neige. Helen, attentive, « écoutait » les vibrations.

Toute la maisonnée se rassembla autour du feu. Il faisait bon et chaud et tout le monde était joyeux. M. Chamberlin fit griller du maïs qui embaumait. Les enfants Chamberlin chantaient des chansons et racontaient des histoires, qu'Ann épelait sans se lasser dans la main d'Helen.

Le lendemain matin, il faisait un temps superbe : ciel bleu, soleil et neige étincelante.

Les enfants emmenèrent Helen et lui montrèrent comment construire un immense bonhomme de neige. Les gants de laine rouge de la petite fille étaient complètement trempés, mais elle ne sentait pas le froid, elle s'amusait trop !

L'après-midi, M. Chamberlin sortit une grande luge.

— Pensez-vous qu'Helen aura peur si nous la faisons monter dessus? demanda-t-il à Ann, sans laquelle on ne prenait jamais aucune initiative ni aucune décision.

— Non, bien sûr que non, répondit la jeune fille enthousiasmée.

Les enfants s'entassèrent sur la luge et Ann s'y installa avec eux. La luge était placée, en équilibre, au sommet de la berge qui descendait en pente abrupte vers l'Étang du Roi Philip. Aucun danger de se noyer en arrivant à l'étang : il était complètement gelé d'une rive à l'autre sur un mètre de profondeur.

Ann expliqua à Helen comment il fallait se tenir, et ce qui allait se passer :

— Nous allons descendre très vite. Alors tiens-toi bien! Je suis juste derrière toi. Appuie-toi contre moi et quand tu sentiras que je me penche, fais comme moi. Je crois que nous allons bien nous amuser!

Quand tout le monde fut prêt, M. Chamberlin cria :

— Partez!

Le fils aîné, qui n'était pas monté sur la luge, donna le coup d'envoi et hop, la glissade commença.

La luge descendait la pente à une vitesse vertigineuse et, pendant un instant, Helen en eut le souffle coupé. Les voyageurs bondissaient au-dessus des creux, franchissaient les bosses en un éclair; en moins de temps qu'il ne faut pour le dire, ils atterrirent sur l'étang glacé et, entraînés par leur élan, le traversèrent tout entier en faisant voler de la neige qui piquait les joues de la petite fille. C'était fou, grisant, merveilleux. Helen avait l'impression de s'envoler comme un oiseau, de perdre la tête, elle riait, elle riait...

Au bout de l'étang, ils ralentirent et s'arrêtèrent. Tous les enfants, criant, sautant, fous de joie, secouaient la neige dont ils étaient couverts.

— Est-ce qu'Helen est contente? cria M. Chamberlin, du haut de la berge.

— Je crois bien! fit Ann.

Elle se mit à rire car Helen venait d'enlever précipitamment ses gants et ses doigts rouges, à moitié gelés, s'agitaient pour épeler le plus vite possible :

— Encore. Encore.

Tout le reste du séjour se passa aussi joyeusement à jouer dans la neige. Les enfants Chamberlin aimaient beaucoup cette Helen qui n'avait peur de rien. Il y avait aussi des moments plus calmes, comme cette très belle promenade en traîneau, qu'Helen fit avec Ann, bien au chaud dans le foin et les peaux de buffles. La réverbération du soleil sur la neige était ce jour-là si intense que les yeux de la petite aveugle en étaient impressionnés. Helen fut aussi très frappée par l'absence d'odeur. Les pins, dont elle reconnaissait parfaitement l'écorce, ne sentaient plus la résine. Cette absence d'odeur était pour elle une sorte d'équivalent du silence qui enveloppe toute la nature lorsqu'il a neigé et que le temps est calme.

Cet hiver si gai fut aussi un hiver de travail. Ann et Helen ne tardèrent pas à retourner à l'Institution Perkins. Helen ne pouvait pas aller en classe avec les petites aveugles de l'Institution, mais elle avait tout de même des cours tous les jours, avec Ann.

Elle apprenait la grammaire anglaise, la géographie, l'histoire de l'Amérique et l'arithmétique. Helen n'avait tout d'abord pas montré un grand empressement à s'initier aux joies du calcul. Ann Sullivan lui avait appris à compter avec des perles enfilées par groupe ou des allumettes qu'elle lui faisait ajouter ou soustraire. Au bout de trois opérations, Helen se levait généralement et proposait d'aller se promener. Peu à peu cependant, elle avait fait des progrès et le goût lui en était venu. C'était d'autant plus extraordinaire que, pour multiplier ou diviser, additionner ou soustraire, elle devait garder les chiffres en tête, puisqu'elle ne pouvait pas relire ce qu'elle écrivait avec un crayon.

— Je ne sais pas comment elle fait, expliqua Ann Sullivan au Dr Anagnos. Elle a une mémoire prodigieuse!

Helen aimait beaucoup la bibliothèque de l'Institution Perkins où il y avait des rayons entiers de livres imprimés en Braille. Elle passait des heures délicieuses à faire courir ses doigts sur les rangées de points en relief. Les livres qu'elle lisait étaient souvent des livres d'enfants, mais il y avait aussi des livres pour les adultes. Helen les trouvait passionnants. Elle ne comprenait pas tous les mots, mais elle continuait bravement sa lecture et le sens lui apparaissait peu à peu. Elle enrichissait ainsi son vocabulaire et arrivait à donner une forme de plus en plus claire à ses pensées.

Au mois de février, les jours commencèrent à allonger. Helen se mit à attendre l'été avec impatience. L'été, cela voulait dire le retour à Tuscumbia. Helen avait hâte de retrouver ses parents, sa petite sœur Mildred, qu'elle aimait maintenant beaucoup, et, merveille des merveilles, le jeune dogue anglais qu'un « admirateur » lui avait envoyé, juste pour Noël. Mme Keller ne savait pas écrire le Braille. En s'appliquant beaucoup, elle l'avait appris très vite, pour avoir la joie d'annoncer elle-même à Helen l'arrivée du dogue, qui était une jeune chienne, à Tuscumbia.

Helen avait baptisé sa chienne « Lionne » en souvenir de sa visite au cirque et du « séjour » dans la cage des fauves.

— J'espère que Lionne ne sera encore qu'un petit chiot quand je rentrerai cet été, dit Helen à Miss Sullivan. Je sais bien qu'elle deviendra grande, plus vite que moi, mais j'aimerais tant trouver encore un bébé chien que je pourrais prendre dans mes bras!

Helen comptait les jours qui la séparait des vacances, mais elle avait aussi en tête un autre projet beaucoup plus sérieux. D'un premier abord, il paraissait irréalisable, et pourtant, Helen s'y accrochait avec une ténacité exceptionnelle chez une enfant de neuf ans. « Il y a sûrement un moyen », pensait-elle. Elle avait raison et son souhait, qui paraissait impossible à exaucer, le fut ce printemps-là et d'une manière tout à fait inattendue.

« Je ne suis plus muette ! »

On était à la fin de mars, quand Miss Sullivan apprit l'existence de Ragnhild Kaata.

Ragnhild était une jeune Norvégienne, aveugle et sourde comme Helen. A force de travail et de persévérance elle avait obtenu ce résultat prodigieux; elle parlait. Ragnhild parlait presque comme tout le monde.

Cette nouvelle bouleversa Ann Sullivan. Ce que la petite Norvégienne avait réussi, pourquoi Helen ne le réussirait-elle pas aussi ?

Quand elle était toute petite, avant l'arrivée d'Ann Sullivan, Helen avait souvent senti les lèvres de ses parents bouger quand ils se parlaient. Elle croyait alors qu'ils jouaient et qu'ils jouaient sans elle, par pure malice. Elle se sentait rejetée, blessée et furieuse. Elle se mettait alors dans une de ses épouvantables crises de colère qui la laissaient épuisée et triste.

Helen savait maintenant depuis longtemps

que ses parents ne « jouaient » pas lorsque leurs lèvres remuaient. Ils parlaient. Elle savait aussi que tous les êtres humains normaux entendaient avec leurs oreilles et voyaient avec leurs yeux.

Helen, elle, n'entendait aucune voix, pas même la sienne. Elle n'avait donc eu aucun moyen d'apprendre à utiliser cette voix. Elle était muette parce qu'elle était sourde. Elle ne pouvait « parler » qu'avec les doigts.

La plupart des gens, malheureusement, ne connaissaient pas l'alphabet manuel. Helen était alors dans l'impossibilité de communiquer avec eux. Elle aurait voulu leur dire tant de choses! C'était très dur. Même avec Ann, c'était dur, parce que les pensées d'Helen couraient plus vite que ses doigts.

— Pas si vite! lui épelait Ann. Tes doigts galopent et je ne comprends rien à ce que tu veux me dire!

Helen savait maintenant d'où venaient les voix. En plaçant la main sur le cou de son institutrice, elle sentait parfaitement la vibration des cordes vocales. Elle savait aussi que les mots se prononcent avec la bouche, avec les lèvres. Elle avait en effet réussi à apprendre à lire sur les lèvres de sa maîtresse, à lire avec un doigt qu'elle posait légèrement sur la bouche de la personne qui lui parlait.

Pour quelqu'un qui voit, lire sur les lèvres n'est pas très difficile. Presque tous les sourds y parviennent assez facilement. Pour un aveugle, cela semble impossible. Helen y était parvenue cependant.

Elle était décidée maintenant d'apprendre à parler avec sa gorge et avec ses lèvres. C'était son « projet ».

Depuis quelque temps déjà, elle faisait de grands efforts pour parler. Les sons qu'elle émettait étaient discordants, très désagréables à entendre. Ann Sullivan soupirait en l'écoutant et s'efforçait de détourner son attention, de l'intéresser à autre chose. Helen s'obstinait malgré tout.

— Je sais que je peux faire des bruits avec ma gorge, disait-elle à son institutrice. Pourquoi donc n'arriverais-je pas à faire des sons « qui parlent »?

— Il arrive que des sourds apprennent à parler, répondait Ann (qui craignait de plus en plus pour l'enfant une terrible déception, lorsqu'elle s'apercevrait que, décidément, elle ne pouvait pas parler). Leur voix est généralement monotone et désagréable parce qu'ils ne s'entendent pas. Pour toi, apprendre à parler serait encore plus difficile, puisque tu ne peux pas voir comment les gens se servent de leurs lèvres, de leur langue, et des muscles de leur visage.

— Je peux les *sentir*, épelait Helen que rien ne pouvait convaincre d'abandonner son projet.

Lorsque Ann apprit l'existence de Ragnhild Kaata, elle fut transportée de joie ; Helen avait raison : raison de s'obstiner, raison d'être sûre qu'elle pouvait parler ! raison d'avoir confiance ! Elle lui raconta l'histoire de la petite Norvégienne et lui dit qu'il fallait maintenant travailler sérieusement, avec des spécialistes.

Helen était enthousiasmée. C'était encore une nouvelle vie qui allait commencer pour elle. Ann décida de la conduire, sans plus attendre, auprès de Miss Fuller, directrice d'une école pour les enfants sourds, l'école Horace Mann, à Boston.

La petite fille dansait de joie et d'énervement en entrant dans le bureau de Miss Fuller. Ann, pour sa part, était tout de même très anxieuse : Miss Fuller pourrait-elle vraiment apprendre à parler à Helen ?

— J'aimerais bien l'aider, dit Miss Fuller, en voyant l'expression confiante d'Helen, qui était maintenant parfaitement immobile et sage. Je serais même très heureuse de lui donner des leçons. Nous allons commencer tout de suite.

Elle posa le doigt d'Helen sur ses lèvres et lui épela, à l'aide de l'alphabet manuel, sur son autre main :

— Je vais faire différents mouvements avec mes lèvres et ma langue. Essaie de reproduire chacun de ces mouvements avec tes lèvres et ta langue à toi, en faisant sortir le son de ta gorge. Nous allons commencer par le son M. Serre les lèvres comme ça. Allez essaie !

Après plusieurs tentatives infructueuses, Helen arriva à émettre le son : M (emm). Puis elle apprit à dire P (pi), A (é) S (ess), I (aïe) et T (ti). Miss Fuller lui faisait suivre le mouvement de ses lèvres, et aussi de sa langue. Elle lui montra longuement comment prononcer « T », en faisant buter la langue contre les dents. Au bout d'une heure, Helen avait appris à émettre assez distinctement six sons différents.

Helen prit onze leçons avec Miss Fuller. Ann l'accompagnait toujours et assistait à la leçon, pour pouvoir lui faire répéter ensuite les exercices que lui indiquait Miss Fuller.

Les sons qui se forment dans le fond du gosier donnèrent énormément de mal à la pauvre Helen. Le « K » par exemple. Et le « G » dur comme dans « Gare ». Elle eut beaucoup d'ennuis aussi avec le « R » et le « L ».

Dès la première leçon, Helen essaya de prononcer des mots, mais ni Miss Fuller, ni Ann Sullivan, malgré toute leur bonne volonté, ne pouvaient encore la comprendre.

— Patience ! lui épelait Miss Fuller. Apprends d'abord à former les sons très distinctement et les mots viendront plus tard. Pour le moment essayons encore une fois le « K ».

Helen n'avait guère envie d'être patiente. Les mots étaient là, dans sa gorge, luttant pour sortir, comme des oiseaux qui battent des ailes derrière les barreaux de leur cage. Depuis l'instant où elle se réveillait jusqu'au soir, quand elle tombait de sommeil, elle ne cessait pas de s'exercer, d'essayer, de recommencer, encore, encore et toujours.

Ann Sullivan avait des crampes dans tous les muscles du visage et du cou, car Helen ne cessait de les palper, les tâter, les pincer, pour reproduire exactement tous leurs mouvements et pour sentir, au bout de ses doigts, comment étaient faits le son « B » ou le son « P ».

Miss Fuller était émerveillée par les progrès d'Helen :

— Je n'ai jamais eu d'élève comme elle,

disait-elle à Miss Sullivan... Elle est tellement avide d'apprendre, c'est extraordinaire...

Helen pensait que bientôt elle serait capable de parler à sa petite sœur Mildred, qu'elle pourrait appeler son chien, qu'il répondrait à son appel... et elle travaillait de plus belle.

Le jour de la onzième et dernière leçon arriva enfin. Helen avait une idée derrière la tête et elle s'était bien exercée, toute seule, sans mettre Ann Sullivan dans le secret.

Pour commencer, comme elle le faisait au début de chaque leçon, Miss Fuller lui fit répéter les sons de toutes les lettres. Helen « faisait ses gammes »; puis son professeur lui demanda de dire les quelques mots qu'elle prononçait correctement.

— Très, très bien, dit Miss Fuller à Helen qui, un doigt posé sur les lèvres de son professeur, « écoutait » ainsi ce qu'elle lui disait... Maintenant tu n'as plus qu'à t'exercer patiemment, et tu arriveras vite à d'excellents résultats.

Helen laissa retomber ses mains le long de son corps, prit une profonde inspiration et, lentement, avec application, elle articula :

— Je — ne — suis — plus — muette!

La voix était monotone, les mots n'étaient pas prononcés très distinctement; Helen ne savait pas que certaines lettres ne se prononcent pas et elle disait par exemple « je suisse » pour « je suis ». Il n'y avait guère que Miss Fuller et Ann Sullivan pour la comprendre, mais son « je ne suis plus muette » était tout de même le cri de triomphe le plus éclatant qui fût jamais sorti d'une gorge humaine.

Le petit Tommy Stringer

Par une belle journée de printemps, Helen et Ann étaient assises dans la petite salle qu'on leur avait réservée pour travailler à l'Institution Perkins. Elles venaient de passer une heure en exercices pour perfectionner la diction d'Helen.

Helen ne suivait pas la classe avec les autres enfants, qui étaient aveugles comme elle mais qui n'étaient pas sourds, et elle travaillait seule avec son institutrice.

Helen avait beaucoup grandi. Dans quelques jours elle aurait onze ans. Il y avait un peu plus d'un an qu'elle avait commencé à apprendre à parler, mais sa diction était encore loin d'être parfaite. Ann et elle y travaillaient tous les jours, patiemment, sans se décourager.

L'enfant ne voulait plus parler avec ses doigts. Elle savait que son élocution était très défectueuse, que beaucoup de personnes ne la comprenaient pas et qu'Ann était obligée de leur répéter ce qu'elle avait dit. Qu'importe! Il fallait persévérer. Ses progrès, très lents, étaient tout de même inespérés.

Ann lui épela dans la main :

— Je crois que nous en avons assez fait pour aujourd'hui.

Elles se levèrent et s'étirèrent. Les séances de travail les fatiguaient beaucoup toutes les deux : Ann devait articuler en exagérant tous les mouvements des lèvres, de la langue et des muscles de la gorge, pour qu'Helen pût discerner facilement les différences qu'elle devait ensuite s'appliquer à imiter. Elle s'appliquait tellement en effet, ses muscles étaient si tendus, qu'elle était parfois courbatue comme après une longue marche.

Ann reprit la main d'Helen :

— J'ai une triste histoire à te raconter, lui épela-t-elle. Celle d'un petit garçon malheureux. Tommy Stringer.

Une lettre était arrivée le matin même à l'Institution Perkins, au sujet de Tommy Stringer. Tommy avait cinq ans. Un an plus tôt, une maladie l'avait laissé aveugle et sourd comme Helen. Sa mère était morte et son père ne pouvait pas s'occuper de lui. On avait donc envoyé Tommy dans un hospice, près de Pittsburgh, en Pennsylvanie.

Ann Sullivan avait le cœur serré en pensant à Tommy. Elle se disait que cet hospice de Pennsylvanie n'était sans doute pas beaucoup plus gai que celui du Massachusetts où elle-même avait passé quatre années terribles quand elle était enfant. Elle n'avait jamais parlé à Helen de cette période de sa vie. Elle ne voulait pas l'attrister et, cette fois encore, elle ne lui en parla pas. Elle lui expliqua simplement que Tommy avait besoin d'aide, comme elle, Helen, en avait eu aussi besoin.

— Il faut le faire venir ici et lui trouver une institutrice, déclara tranquillement Helen.

— Oui, répondit Ann. Mais où trouver de l'argent pour le voyage, la pension, etc.? Son père n'a pas un sou.

— Nous allons en trouver, reprit Helen, sans hésitation. Je vais écrire à tous mes amis et leur demander de l'argent pour Tommy.

Helen écrivait maintenant des lettres avec beaucoup de facilité et beaucoup de plaisir car elle avait une machine à écrire. On sait que les dactylos tapent sans jamais regarder les touches. La cécité d'Helen ne la gênait donc pas tant qu'elle était devant son clavier, mais elle ne pouvait pas se relire. Ann Sullivan était chargée de le faire à sa place et de corriger. En échange, Helen lui tapait toutes ses lettres et cela soulageait Ann, dont la vue était de nouveau très fatiguée.

En s'asseyant devant sa machine à écrire, Helen se disait qu'elle avait beaucoup de chance, beaucoup plus de chance que Tommy Stringer. Elle avait Ann toujours auprès d'elle. Que ferait-elle sans Ann? Elle frissonna. Helen ne pensait jamais plus à « ses années de prison », lorsqu'elle était en proie au désespoir et ne pouvait même pas se formuler à elle-même sa peine, son angoisse, sa solitude, puisqu'elle ne connaissait pas les mots qui les exprimaient.

Ann était venue et avait transformé son existence. Helen travaillait, jouait, riait, comme tous les autres enfants. Elle était simplement beaucoup plus intelligente que la plupart des enfants de son âge.

Bientôt, comme toujours au moment des vacances, elle retournerait avec Ann à Tuscumbia. Elle pourrait en descendant du train dire « bonjour » à ses parents, leur parler, leur raconter tout ce qu'elle avait fait, ses progrès, ses lectures. Elle pourrait jouer avec Mildred, avec Lionne, qui répondait parfaitement à ses appels.

Il y avait à la ferme un petit âne, qui s'appelait Neddy. Helen s'était beaucoup amusée, l'été précédent, à atteler Neddy — toute seule — et à emmener Mildred en promenade dans la charrette.

— Nous recommencerons cet été, se disait-elle en riant de plaisir à cette idée.

Helen ne se contentait pas d'emmener sa petite sœur faire des promenades en voiture à âne, elle faisait beaucoup mieux : elle montait à cheval! Son poney, « Beauté noire », portait le nom d'un cheval célèbre dans la littérature enfantine américaine. C'était une bête très douce et très bien dressée. Il connaissait parfaitement les sentiers du petit bois à côté de la maison et, très souvent, Ann Sullivan lui lâchait les rênes et laissait Helen partir à l'aventure sur le dos de Beauté noire.

Helen aimait beaucoup son poney, elle était fière de savoir monter à cheval. C'était encore une de ces choses qu'elle n'aurait jamais dû faire, une de ces choses prétendues « impossibles » qui étonnaient et émerveillaient son entourage et tous ceux qui entendaient parler d'elle dans le monde entier.

La petite fille préférait tout de même sa chienne Lionne à son poney Beauté noire. Lionne était une amie amusante, affectueuse et expansive. Chaque fois qu'elle retrouvait Helen, pendant les vacances, elle se jetait sur elle, la renversait à moitié, la léchait, courait en tous sens, et finissait par se coucher à ses pieds.

— Ce n'est pas le moment de penser à Lionne, se dit Helen, honteuse d'avoir laissé sa lettre en attente, pendant que ses pensées vagabondaient du côté de Tuscumbia.

Elle avait glissé le papier dans la machine et s'apprêtait à taper, lorsque Ann lui apporta une lettre de sa mère. Helen se mit aussitôt à la lire, mais à peine ses doigts avaient-ils parcouru quelques lignes de Braille qu'elle éclata en sanglots.

Les joues ruisselantes de larmes, elle tendit la lettre à Ann Sullivan. Celle-ci eut vite fait de comprendre le chagrin de la petite fille : Mme Keller annonçait la mort de Lionne.

Lionne était devenue une énorme chienne qui aboyait si fort qu'elle terrorisait tout le monde. En réalité, elle était l'animal le plus doux de la terre, mais quand elle courait à toute vitesse derrière les voitures, elle effrayait les chevaux. Un agent de police, craignant qu'elle ne causât un accident, l'avait abattue d'un coup de pistolet.

« Je sais que cette nouvelle va te faire beaucoup de peine... » écrivait Mme Keller. Helen essaya de prendre sur elle et de retenir ses sanglots, mais soudain elle n'y tint plus et se réfugia en pleurant de plus belle dans les bras d'Ann Sullivan.

Ann lui prit doucement la main :

— Helen, n'oublie pas que tu dois écrire pour que l'on vienne au secours de Tommy... Tommy est seul et malheureux...

Helen comprit parfaitement ce qu'Ann voulait lui suggérer : ne pense pas à toi, pense aux autres. Elle sécha ses yeux, emprunta le mouchoir de son institutrice, car le sien était trempé, et retourna bravement à sa machine à écrire.

Les jours suivants, elle écrivit de nombreuses lettres. L'une d'elles était adressée à l'ami qui lui avait donné Lionne. Helen y disait :

« Si seulement le policier avait su quelle bonne chienne elle était, il ne l'aurait pas tuée. »

Comme Helen était très célèbre, la malheureuse histoire de Lionne fut racontée dans tous les journaux. Bientôt Helen commença à recevoir des quantités de lettres : on lui offrait un autre chien, ou un chat, ou de l'argent pour acheter « le plus beau chien du monde ».

Ces lettres arrivaient de tous les États d'Amérique et même d'Angleterre. Elles étaient généreuses, pleines de bonnes intentions, mais elles ne pouvaient évidemment pas ressusciter la pauvre Lionne, et pour le moment Helen n'avait aucune envie de remplacer son animal préféré.

Ann et Helen étaient surtout très embarrassées par les envois d'argent. Qu'allaient-elles pouvoir bien en faire ?

— Pourquoi ne le prenons-nous pas pour aider Tommy Stringer ? demanda Helen.

— C'est une très bonne idée, reconnut Ann Sullivan. Mais les gens qui t'ont envoyé cet argent voulaient que tu t'en serves pour acheter un autre chien. Ils ne seront peut-être pas très contents si tu ne l'utilises pas comme ils le souhaitaient.

— Je vais leur écrire pour leur demander si cela les ennuie. Cela serait bien étonnant. A partir d'aujourd'hui, je demanderai à tous les gens qui veulent m'offrir tous les animaux de la terre, d'envoyer tout simplement de l'argent pour aider Tommy.

Helen, qui n'était tout de même encore qu'une petite fille de onze ans, passait plusieurs heures par jour à écrire « ses lettres d'affaires ». Très vite, elle recueillit assez d'argent pour faire venir Tommy à l'Institution Perkins, et pour qu'il puisse prendre des leçons particulières avec un professeur spécialisé.

Tommy était un charmant petit garçon,

mais il ne parvint jamais à faire des études aussi poussées que celles d'Helen. Il était moins intelligent, il n'avait pas cette extraordinaire volonté d'apprendre qui caractérisait la petite fille. Il réussit à utiliser correctement l'Alphabet Manuel et plus tard, il gagna sa vie grâce à de petits travaux de cartonnage.

L'ardeur que mettait Helen à apprendre commençait à poser un problème à Ann Sullivan. Elle-même n'était allée à l'école que pendant six ans. Helen commençait à la rejoindre en plusieurs matières... L'enfant avait trouvé des livres français en Braille à la bibliothèque de l'Institution Perkins. Elle avait décidé d'apprendre le français toute seule. Elle avait aussi envie d'apprendre le latin et le grec parce qu'avec l'aide de son institutrice, elle avait lu beaucoup de récits mythologiques adaptés pour les enfants.

Quand elles arrivèrent à la maison pour les vacances, cet été-là, Ann Sullivan dit à Mme Keller :

— Helen va bientôt avoir besoin de quelqu'un qui en sache beaucoup plus long que moi-même pour l'aider dans ses études.

— Vous n'allez tout de même pas l'abandonner ? demanda précipitamment Mme Keller affolée.

— Bien sûr que non ! répondit Ann en

riant. Mais je crois qu'il serait bon pour elle qu'elle aille à l'école avec d'autres enfants.

— Comment le pourrait-elle? demanda Mme Keller. Elle n'entendra pas le professeur, elle ne verra pas ce qu'il écrira au tableau.

— Il faudrait que j'y aille avec elle, naturellement, dit Ann et que je lui épelle tout, au fur et à mesure. Elle pourrait faire ses devoirs sur sa machine à écrire. Je crois qu'elle sera parfaitement capable de réciter ses leçons en classe. Elle refuse de parler avec ses doigts et elle a fait beaucoup de progrès pour parler. Évidemment, elle est encore assez difficile à comprendre; mais les professeurs s'habitueront très vite à son élocution et pour elle ce sera excellent.

— Nous ne sommes pas obligés de prendre une décision tout de suite, dit prudemment Mme Keller, qui ne voulait pas dire à Ann, pour ne pas la blesser, qu'elle trouvait son idée extravagante.

Ann acquiesça :

— Nous avons le temps, les vacances commencent à peine. Je vais tout de même chercher dès maintenant une école qui pourrait nous convenir.

Ann Sullivan quitta la véranda où elle était assise quelques instants auparavant avec Mme Keller et rentra à la maison. Elle s'était gardée d'aborder un problème qui pourtant la tourmentait de jour en jour davantage : l'état de ses yeux.

Si Helen allait à l'école, elle aurait besoin d'une quantité de livres nouveaux et très peu de ces livres avaient été « traduits » en Braille. C'est à Ann qu'en incomberait la tâche. Elle devrait, soit recopier les livres en Braille, soit les épeler peu à peu dans la main d'Helen. Dans les deux cas, il fallait évidemment qu'elle commençât par les lire; or, la vue d'Ann Sullivan, qui était déjà très mauvaise, s'était encore affaiblie ces derniers temps. Helen savait que son institutrice avait les yeux fatigués mais elle ignorait la gravité de son cas.

« J'essaierai de tenir le temps qu'il faudra », se dit Ann, qui ne pensait jamais à elle, mais aux progrès de l'enfant.

« J'irai à Harvard »

Cet automne-là, quand Helen retourna avec Ann, à Boston, une grave déception l'attendait. Pendant les vacances, la petite fille avait décidé de devenir « un grand écrivain » et elle avait composé un petit conte intitulé « Feuilles d'automne ».

Dès que le conte eut été achevé, Helen l'avait lu à Ann Sullivan. L'enfant était très agitée, très fière, et s'énervait encore plus, chaque fois que son institutrice l'interrompait, très doucement, pour lui corriger une faute de prononciation.

Au dîner, toute la famille eut droit à la lecture de « Feuilles d'automne », et déclara, unanimement, que c'était un chef-d'œuvre. Un ami qui était là demanda à Helen si elle avait lu cette histoire dans un livre.

— Quelle idée, répondit aussitôt Helen, de sa voix encore maladroite. C'est un conte que j'ai écrit pour M. Anagnos.

Helen recopia son histoire et l'envoya au Dr Anagnos pour son anniversaire. Le titre « Feuilles d'automne » fut remplacé, sur les conseils de Mme Keller, par un autre : « le Roi Frimas ». Helen, accompagnée de sa chère Ann, alla elle-même poster son précieux envoi.

M. Anagnos fut enchanté de l'envoi et émerveillé par le nouveau talent d'Helen. Il lui envoya une lettre de remerciements et de félicitations émus, et il publia « le Roi Frimas » dans l'un des bulletins de l'Institution Perkins.

Peu de temps après, vint l'heure de la rentrée. Ann et Helen, comme chaque année désormais, regagnèrent Boston. C'est alors que le drame éclata.

Un des lecteurs du Bulletin de l'Institution Perkins, s'aperçut en effet que « le Roi Frimas» avait pour lui un petit air de « déjà lu », et il découvrit qu'il existait, en effet, un conte de Margaret Canby, intitulé « Les Fées Frimas », qui avait paru avant la naissance d'Helen dans un livre intitulé « Birdie et ses amis ». Les deux contes se ressemblaient tellement que cette ressemblance ne pouvait pas être l'œuvre du hasard.

Comment l'expliquer? Il fallait bien supposer que l'on avait raconté à Helen l'histoire de Margaret Canby. Qui « on »? Miss Sullivan ? Et l'enfant aurait commis un plagiat...

Ann Sullivan était aux cent coups. Elle ne se souvenait absolument pas d'avoir jamais raconté « les Fées Frimas » à Helen. Elle ne connaissait d'ailleurs pas du tout ce conte. Ce qui la bouleversait encore plus, c'était le chagrin d'Helen. Lorsqu'elle dut expliquer à la petite fille que ce n'était pas elle qui avait inventé cette belle histoire, dont elle était si fière, et que, ô horreur, on la soupçonnait même de l'avoir « copiée », Helen éclata en sanglots.

Ann Sullivan était bien obligée de prévenir Helen qu'on la « soupçonnait », car toute l'Institution Perkins était en effervescence et le Dr Anagnos aurait bien voulu en avoir le cœur net.

Il interrogea lui-même Helen. A l'aide de l'alphabet manuel évidemment, et fut vite persuadé de la parfaite bonne foi de l'enfant.

Comment expliquer alors cette similitude troublante entre les deux textes?

Aidée du Dr Bell, qui aimait beaucoup Helen et qui craignait que toute cette histoire n'ébranlât les nerfs de l'enfant, Ann Sullivan se livra à une véritable enquête. Après de longues et patientes recherches, elle découvrit qu'une dame amie des Keller, Mme Hopkins, avait dans sa bibliothèque le livre de Margaret Canby.

Cette dame avait reçu Helen pendant les vacances, trois ans plus tôt, et l'avait même gardée seule, car Miss Sullivan avait été obligée d'aller passer quelques jours à Boston pour préparer la prochaine arrivée d'Helen à l'Institution Perkins.

Mme Hopkins se souvenait très bien d'avoir raconté de nombreuses histoires à Helen (en alphabet manuel, que cette dame possédait parfaitement) car elle avait peur qu'Helen ne s'ennuie avec elle en l'absence d'Ann Sullivan.

Elle croyait bien avoir lu les contes de Margaret Canby à Helen, mais n'en gardait elle-même qu'un souvenir des plus confus.

La pauvre Helen, qui commençait à peine à l'époque à communiquer avec les autres et qui s'émerveillait de tout ce qu'elle découvrait, avait gardé au plus profond de sa mémoire toute la fameuse histoire des « Fées Frimas »; puis elle l'avait oubliée, ou du moins elle avait cru l'oublier, et elle n'avait naturellement pas une seconde pensé qu'elle écrivait un plagiat lorsqu'elle composait avec application « les Feuilles d'automne ».

Lorsque le Dr Anagnos apprit que Helen avait eu connaissance des « Fées Frimas » trois ans auparavant, il donna à l'enfant son entière absolution. Helen avait appris tant de choses, avait fait de tels efforts durant ces trois années, que celles-ci comptaient double ou triple. Si plagiat il y avait, il était totalement involontaire.

Helen fut consolée en voyant sa bonne foi reconnue, mais sa vocation d'écrivain en fut fortement ébranlée. Plus tard, elle devait cependant écrire tout un livre qui ne devrait rien à Miss Canby.

La petite fille était trop gaie, trop vive, pour s'arrêter longtemps sur une impression pénible. Ann Sullivan n'eut pas grand mal à lui changer les idées et, pendant leur séjour à Boston, elle l'emmena voir des amis à Wellesley, une célèbre Université de jeunes filles, située aux environs de la ville.

Helen sembla très intriguée en apprenant que Wellesley était réservé aux jeunes filles. Tandis qu'elles se promenaient autour de la pelouse, Ann Sullivan lui décrivit les différents bâtiments, les pavillons des étudiantes et des professeurs, les amphithéâtres pour les cours, et les étudiantes qui s'avançaient, par petits groupes, leurs livres sous le bras.

Le soir, au dîner, Helen surprit tout le monde en annonçant :

— Un jour j'irai à l'Université... mais j'irai à Harvard.

Tous les gens qui ont vécu à Boston connaissent l'Université Harvard, installée dans une ville voisine, Cambridge. Les Bostoniens sont extrêmement fiers de Harvard

Une des personnes présentes demanda à Helen pourquoi elle ne voulait pas aller à Wellesley. Lorsque Ann lui eut traduit la question, en lui épelant, Helen répondit :

— Parce qu'il n'y a que des filles!

Tout le monde se mit à rire et personne ne prit très au sérieux la déclaration de l'enfant. On ne pouvait pas du tout envisager, semblait-il, de l'envoyer dans quelque Université que ce fût, avec sa double infirmité.

Dans le tramway qui les ramenait à Boston, Ann prit la main d'Helen et lui demanda :

— Où as-tu été chercher cette idée que tu irais à Harvard, ma chérie? Harvard est une Université pour les garçons, et seulement pour les garçons. Il y a une Université féminine, rattachée à Harvard, et qui s'appelle Radcliffe. Les jeunes filles qui y font leurs études suivent leurs cours à Harvard et elles ont les mêmes professeurs que les garçons.

— Alors c'est là que j'irai, dit Helen.

Ann Sullivan lui donna une petite tape sur l'épaule. Cette marque d'amitié signifiait à peu près : « Tu m'amuses mais tu exagères. » Helen le comprenait fort bien. Ann changea de sujet pour distraire l'enfant, mais elle songeait en elle-même :

— Elle n'a que onze ans! Quand elle sera en âge d'aller à l'Université, elle aura oublié tout cela; mais, en attendant, il faut absolument que je lui trouve une école où elle pourrait poursuivre ses études.

Ce ne fut pas facile, loin de là, de la découvrir, cette école. Il fallut trois ans à Ann Sullivan pour trouver ce qui lui convenait. Finalement elle se décida pour l'École Wright-Humason; une école spéciale pour les sourds-muets, qui se trouvait à New York.

— Les élèves sont sourds-muets, mais pas aveugles, dit Ann Sullivan à Mme Keller. Je suis certaine cependant qu'Helen pourra suivre. Les professeurs lui apprendront à améliorer sa diction et on me permet d'assister aux cours avec elle pour que je puisse tout lui épeler dans la main.

Helen avait quatorze ans quand elle entra à l'École Whright-Humason à New York.

Comme l'avait prédit Ann Sullivan, elle réussit très bien dans ses études. Le professeur d'allemand, Miss Reamy, savait se servir de l'alphabet manuel et elle s'occupa tout particulièrement d'Helen qui fit de rapides progrès et lisait à peu près couramment l'allemand au bout d'un an. Le professeur de français, Miss Olivier, ne connaissait pas l'alphabet manuel. Helen devait lire sur ses lèvres (en les effleurant du doigt) et c'était beaucoup plus difficile. Cependant, la fillette s'amusait beaucoup à lire « le Médecin malgré lui » de Molière.

Seule la diction d'Helen ne s'améliorait guère. Les professeurs de l'École Wright-Humason étaient pourtant spécialisés dans l'enseignement de la parole et de la lecture sur les lèvres; mais Helen, qui ne pouvait « voir » qu'avec ses doigts, était très défavorisée par rapport aux petits élèves sourds qui, eux, pouvaient observer avec leurs yeux le mouvement des lèvres de leurs professeurs.

Helen n'avait qu'une passion modérée pour l'arithmétique. Elle cherchait volontiers à « deviner » les solutions des problèmes plutôt qu'à les résoudre par le raisonnement. Par contre, elle se passionnait pour la géographie et particulièrement pour la géographie physique : la formation des fleuves, des montagnes, les plissements géologiques, les vents, les différentes sortes de nuages, tout cela lui « parlait ». Peut-être le souvenir des heures qu'elle avait passées près du vieux débarcadère de Tuscumbia y était-il pour quelque chose. Il est certain aussi que la petite fille, qui ne voyait ni n'entendait, aimait la nature et était très sensible aux différences de climat, d'atmosphère. Elle sentait l'orage, comme les chats, et elle percevait des vibrations qui échappent au commun des mortels.

Pendant les deux années qu'Helen passa à New York, elle fit de nombreuses promenades avec Ann Sullivan. Elles allaient tous les jours à « Central Park », le célèbre parc new-yorkais, qui plaisait beaucoup à Helen parce qu'elle y retrouvait tout ce qu'elle aimait : le parfum des fleurs, la douceur des jeunes pousses, la fraîcheur de la rosée. Au printemps, elles faisaient de grandes excursions et de longues promenades en bateau sur l'Hudson.

Au bout de ces deux ans, Ann décida d'aborder franchement avec Helen le fameux problème de l'Université. Helen en parlait souvent et c'était toujours pour répéter :

— J'irai à Radcliffe.

Ann Sullivan avait longuement réfléchi au

problème. Elle avait toujours estimé qu'il fallait traiter Helen exactement comme n'importe quelle autre enfant. Elle détestait faire le rabat-joie et n'aurait voulu pour rien au monde décourager Helen dont elle admirait et approuvait l'esprit d'entreprise, mais il fallait absolument lui faire comprendre qu'il était à peu près impossible pour une jeune fille aveugle et sourde-muette d'aller à l'Université.

Lentement, elle épela dans la main d'Helen :

— D'abord, il faut que tu te mettes bien dans la tête qu'on ne tiendra aucun compte, au collège, du fait que tu es aveugle et sourde. Il faudra que tu suives les cours comme les autres. Donc que tu travailles beaucoup plus dur, peut-être trois fois plus que les autres...

Helen retira sa main avec un geste d'impatience.

— Je peux travailler trois fois plus que les autres, dit-elle... Ce ne sont pas les forces, ni l'envie qui me manquent !

Ann lui reprit doucement la main :

— Je sais, ma chérie. Mais il faut que tu saches que les difficultés qui t'attendent, tu ne les as encore jamais rencontrées. Toutes les autres jeunes filles voient et entendent. Je sais... les enfants de ton école ne sont pas aveugles non plus. Mais ils sont sourds, comme toi. S'ils pouvaient à la fois voir et entendre, tu aurais beaucoup de mal à te maintenir à leur niveau.

— Alors, il faut que j'aille tout de suite dans une école où les élèves voient et entendent, dit Helen, inébranlable.

Ann Sullivan reprit :

— Autre détail important : l'entrée à Radcliffe est très difficile pour tout le monde. Nous ne sommes pas sûrs du tout qu'ils voudront de toi.

— Il faut essayer quand même!

Helen n'avait aucune idée de la valeur de l'argent. Elle ne se rendait absolument pas compte du coût très élevé des études universitaires. Ann, elle, y pensait pour deux.

Le père d'Helen n'était pas riche. On l'appelait « capitaine » (parce qu'il avait combattu pendant la guerre civile, entre le Nord et le Sud des États-Unis, du côté des sudistes, ses compatriotes), mais de son véritable métier il était journaliste. Il était rédacteur en chef d'un petit hebdomadaire de l'Alabama et il n'avait jamais gagné beaucoup d'argent. Depuis plusieurs années, il ne payait même plus son salaire à Miss Sullivan. C'était elle qui l'avait exigé, en prétextant qu'elle aimait trop l'enfant pour lui rendre des services rétribués.

Tout cela Helen l'ignorait. Elle ne savait pas non plus que c'était grâce à la générosité d'un de ses nombreux amis qu'elle avait pu aller à l'École Wright-Humason.

A New York, Helen s'était fait encore beaucoup d'autres amis. Certains étaient très riches, d'autres l'étaient moins, mais ils étaient célèbres. Parmi ceux-ci se trouvait le grand écrivain Mark Twain. Helen aimait énormément ses livres, en particulier *Tom Sawyer* et *Huckleberry Finn*.

Lorsque tous les amis de New York apprirent qu'Helen voulait par-dessus tout aller à l'Université, mais que les Keller n'avaient pas les moyens de l'y envoyer, Mark Twain dit : « Il faut faire quelque chose ! » et tous se réunirent pour rassembler la somme nécessaire.

Notons au passage, que, aujourd'hui encore, les études à l'Université de Harvard coûtent très cher, beaucoup plus cher que les études dans une Université française.

La question d'argent une fois résolue, Helen dut passer un examen d'entrée à l'Université.

Les examens d'entrée à Radcliffe étaient les mêmes que ceux d'Harvard, c'est-à-dire très difficiles. Ann estimait qu'Helen devait les préparer dans une excellente école. Il n'y avait bien entendu aucune école d'un niveau suffisant pour les sourds-muets ou les aveugles. Aucun étudiant aussi lourdement handicapé que l'était Helen n'avait jamais tenté de franchir le barrage de Radcliffe, ni même d'entrer dans une école préparatoire à l'Université.

Ann Sullivan discuta de ce problème avec les amis d'Helen, qui s'étaient réunis pour lui payer ses études. Certains émirent des doutes sur les résultats que pourrait obtenir Helen dans une école où tous les étudiants seraient parfaitement normaux.

— Mais elle se heurtera à cette même difficulté quand elle ira à l'Université, dit Ann. Autant qu'elle s'y mette tout de suite. On verra ainsi si elle en est capable ou non.

Après avoir visité plusieurs établissements, Ann se décida pour l'École de Jeunes Filles de Cambridge qui préparait les élèves aux examens d'entrée à Radcliffe. Cette école était à côté de l'Université, tout près donc de Boston.

Un matin d'octobre 1896, les élèves du cours d'allemand de Frau Grote regardèrent avec un vif intérêt et une bonne dose de curiosité entrer dans la classe une mince jeune fille — Helen avait maintenant seize ans — aux cheveux châtains et bouclés.

Une jolie jeune femme, élégamment vêtue, l'accompagnait. De temps en temps, elle touchait légèrement le bras de la jeune fille comme pour guider sa marche.

La nouvelle élève n'était cependant ni gauche, ni empruntée. Elle marchait avec une sorte de grâce très particulière et elle avait de beaux yeux bleus. Il fallait l'observer de près pour se rendre compte que ses yeux semblaient regarder toujours droit devant eux, fixement, et qu'ils ne cillaient jamais.

Helen Keller et Ann Sullivan venaient de pénétrer pour la première fois dans une école où Helen était la seule élève infirme.

Toutes les jeunes filles connaissaient son histoire et l'admiraient.

— Le seul moyen pour elle de suivre les cours, c'est que quelqu'un lui épelle, au fur et à mesure, dans la main, leur avait expliqué M. Gilman, le directeur. C'est pourquoi son institutrice, Miss Sullivan, viendra en classe avec elle. Vous remarquerez que Miss Sullivan tient à peu près tout le temps la main d'Helen dans la sienne. C'est parce qu'elle lui épelle tous les mots. Elle écoute et elle voit à sa place.

M. Gilman avait également expliqué à ses

élèves comment Helen avait réussi à apprendre à parler.

— Elle récitera en classe, comme tout le monde, avait-il dit. Au début, sa voix vous paraîtra bizarre. Vous aurez certainement beaucoup de mal à la comprendre. Vous vous y habituerez vite et au bout d'un certain temps, cela vous sera très facile.

Naturellement, les professeurs avaient été les premiers à être informés du cas exceptionnel qui allait se présenter à eux. Aucun d'eux n'avait jamais eu à s'occuper d'une élève aveugle et sourde. Après l'arrivée d'Helen, M. Gilman, le directeur, et Frau Grote, le professeur d'allemand, apprirent à utiliser l'alphabet manuel. Mais Frau Grote ne connaissait pas très bien l'orthographe anglaise et il arrivait que toute la classe — y compris Helen, Miss Sullivan et Frau Grote elle-même — s'amuse beaucoup quand le professeur faisait la conversation avec son élève et l'émaillait de fautes involontaires!

Helen était très forte en allemand. Elle avait d'assez bonnes connaissances en français et elle avait déjà fait six mois de latin. Elle lisait et traduisait les « Commentaires » de César. Pendant sa première année à Cambridge elle étudia aussi l'histoire d'Angleterre, la littérature anglaise, et naturellement... l'arithmétique. Helen n'avait jamais jusque-là suivi un programme vraiment précis. Ses professeurs admirèrent pourtant l'enseignement que lui avait donné Ann Sullivan, particulièrement en anglais, où ils la trouvèrent très avancée.

Les étudiantes de l'École de Cambridge vivaient dans de petites maisons voisines de l'école. Ann et Helen habitaient dans une maison un peu plus grande avec plusieurs autres jeunes filles. La maison avait appartenu auparavant à William Dean Howells, un écrivain célèbre qu'Helen avait rencontré à New York.

Les jeunes filles aimaient beaucoup Helen et s'efforçaient de lui rendre la vie agréable. Au début, aucune d'elles ne pouvait lui « parler ». Certaines apprirent, avec une louable bonne volonté, l'alphabet manuel, mais leurs efforts pour épeler des mots dans la main d'Helen restèrent assez maladroits. Helen riait avec elles de leurs erreurs et souvent devinait ce qu'elles avaient voulu dire. Elle réussissait à partager presque tous leurs jeux grâce à Ann Sullivan qui l'avait habituée à courir, à « se lancer » sans crainte, et elle faisait avec ses amies de grandes excursions.

Ses études lui laissaient assez peu de temps. Ann Sullivan ne s'était pas trompée lorsqu'elle lui avait prédit qu'elle serait obligée de travailler trois fois plus que les autres.

Il y avait énormément de devoirs à faire, ce qui représentait un gros travail et pour Ann et pour Helen. Il y avait tellement de livres à lire, et bien peu étaient imprimés en Braille! Ann se demandait si ses yeux douloureux et affaiblis lui permettraient de continuer encore longtemps le travail accablant qu'elle s'imposait. Elle n'en parlait à personne et lisait, pour pouvoir les épeler ensuite à Helen, tous les livres dont celle-ci avait besoin.

Les professeurs s'étaient peu à peu familiarisés avec la prononciation de la jeune fille et elle pouvait réciter ses leçons en classe, comme toutes les autres élèves. A la maison, Helen faisait tous ses devoirs sur sa machine à écrire.

Helen réussit très bien pendant toute la première année d'école. La seconde année fut beaucoup moins brillante. Ann n'avait pas pu se procurer les livres de mathématiques en Braille de sorte qu'Helen commença à prendre du retard. Finalement, on décida de lui faire quitter l'école et de lui donner un répétiteur, un jeune homme nommé Merton S. Keith.

Helen était très déçue de quitter son école. Heureusement, ses grands amis, les Chamberlin, l'invitèrent à venir s'installer avec Ann à la Ferme rouge où elles avaient passé tant de vacances heureuses. La Ferme rouge avait le grand avantage d'être tout près de Boston. Le répétiteur, M. Keith, pouvait faire très facilement l'aller et retour par le tramway.

Grâce à M. Keith, Helen rattrapa facilement son retard et, au bout d'un an et demi, elle était prête à passer le fameux examen d'entrée à Radcliffe.

Cet examen durait plusieurs jours. Il y avait seize heures d'épreuves en tout. Douze heures pour les épreuves dites élémentaires, quatre pour les épreuves supérieures. Les sujets étaient envoyés « par messager spécial » de Harvard à Radcliffe. Chaque candidat avait un numéro; celui d'Helen était le 233, mais la jeune fille ne pouvait pas garder l'anonymat puisqu'elle était obligée de se servir d'une machine à écrire.

Ann Sullivan n'eut pas le droit de l'accompagner dans la salle d'examen. Ce fut le directeur de Cambridge, lui-même, M. Gilman, qui lui épela les questions, grâce à l'alphabet manuel. Helen répétait les questions à haute voix pour être sûre d'avoir bien compris. Elle tapait ensuite les réponses sur sa machine et M. Gilman les lui épelait, ce qui était la seule façon pour elle de se « relire ». Elle apportait alors des corrections si elle le jugeait bon.

Toutes les épreuves — Anglais, Histoire, Français, Allemand, Latin, Mathématiques — se déroulèrent de la même façon. Fatiguée et anxieuse, Helen repartit pour la Ferme rouge avec Ann Sullivan. Peu de temps après arrivait la bonne nouvelle : Helen avait parfaitement réussi dans toutes les matières.

Un rêve se réalise

Encouragée par son succès à l'examen, Helen pensait que son entrée à Radcliffe ne présenterait maintenant plus aucune difficulté. Tout ne se passa pas aussi facilement qu'elle l'aurait souhaité.

Les professeurs de Radcliffe s'opposèrent formellement à son entrée à l'Université! Cette nouvelle désespéra Helen et Ann Sullivan. Les professeurs ne pouvaient pas admettre qu'une jeune fille aveugle et sourde était capable de suivre des cours à l'Université. Ils suggéraient qu'elle assistât à quelques cours, les plus faciles, en auditeur libre, mais surtout qu'elle ne s'attaquât pas au diplôme.

Dès que le bruit commença à courir que l'on ne voulait pas d'Helen à Radcliffe, deux Universités, celle de Cornell et celle de Chicago, l'invitèrent à s'inscrire parmi leurs élèves. Helen remercia beaucoup et... refusa :

— Si j'allais à Cornell ou à Chicago,

expliqua-t-elle à Ann, on me faciliterait sans doute trop la tâche. C'est à Radcliffe que je veux aller, c'est à Radcliffe que j'irai.

Les semaines passèrent. Helen et Ann attendaient à la Ferme rouge, espérant toujours que le Conseil de l'Université de Radcliffe reviendrait sur sa décision. Rien ne venait. Finalement, Helen s'assit à sa machine à écrire et adressa au Président du Conseil de l'Université une lettre qui se terminait par ces mots :

« Je reconnais que de très grands obstacles s'opposent à mon entrée à l'Université, mais un véritable soldat ne s'avoue jamais vaincu avant la bataille. »

Aucune Université ne pouvait refuser l'accès à une étudiante animée d'un tel esprit. Helen fut finalement admise à Radcliffe, mais non sans qu'elle eût à surmonter de nouveaux obstacles.

On lui fit repasser un examen, sous prétexte que M. Gilman lui avait peut-être trop facilité la tâche lors des premières épreuves. Un certain M. Vining, professeur à l'Institution Perkins, mais qu'Helen ne connaissait absolument pas (il y avait longtemps maintenant qu'elle avait quitté l'Institution), fut chargé de lui copier les questions en Braille.

Tout se passa bien pour les langues. Quand

il fut question de géométrie et d'algèbre, les difficultés commencèrent. Les Braille anglais et américain et celui de New York Point, étaient familiers à Helen pour tout ce qui concernait les questions littéraires. Mais pour l'algèbre et la géométrie, les symboles étaient très différents dans les trois méthodes et Helen n'avait utilisé jusque-là que le Braille anglais.

Deux jours avant l'examen, M. Vining envoya à Helen une copie en Braille d'un sujet d'algèbre donné autrefois à Harvard. Catastrophe! C'était la notation américaine qui était utilisée. Helen demanda à M. Vining de lui expliquer les signes. Il lui communiqua aussitôt un tableau de ces signes et Helen se mit courageusement à les apprendre.

La nuit qui précéda l'examen, la pauvre Helen se perdait encore dans les crochets, les accolades; elle se tournait, se retournait dans son lit sans pouvoir dormir.

M. Keith et Ann Sullivan étaient désolés. Ils accompagnèrent Helen et arrivèrent bien avant l'heure de l'examen pour demander encore des précisions à M. Vining.

Helen avait toujours été habituée à lire l'énoncé de ses problèmes de géométrie en lignes imprimées en relief ou à se les faire épeler dans la main. En Braille, tout lui semblait soudain confus et elle ne pouvait fixer son esprit sur ce qu'elle lisait.

En algèbre, ce fut pire encore. Les signes qu'elle venait d'apprendre dansaient dans sa tête. Elle ne pouvait pas relire ce qu'elle écrivait car elle avait généralement travaillé son algèbre en Braille ou mentalement. M. Keith ne l'avait pas assez exercée à la composition écrite à la machine. Les conditions si « confortables » de l'examen passé avec le bon M. Gilman étaient loin!

Helen triompha pourtant. Ses faiblesses en mathématiques étaient largement compensées par ses notes excellentes en anglais, en langues vivantes et en langues anciennes. Le Conseil de l'Université lui imposa encore un an d'attente. Elle en profita pour se perfectionner en mathématiques avec l'aide de M. Keith et, en novembre 1900, elle entrait à Radcliffe.

Quelques jours après, les étudiantes de première année se réunirent pour élire leur bureau. A sa grande surprise, Helen fut élue à l'unanimité Vice-Présidente de Première Année et priée de faire un discours.

— Je pensais que la plupart de ces filles ignoraient complètement mon existence! confia-t-elle à Ann Sullivan.

C'eût été bien étonnant, car les journaux avaient publié de nombreux articles sur Helen

Keller, l'étudiante aveugle et sourde-muette qui voulait entrer à l'Université. Ann Sullivan parlait très rarement de ces articles à Helen et, quand elle en apprenait l'existence, celle-ci ne leur accordait guère d'importance.

Helen et Ann trouvèrent une charmante maison près de Cambridge et s'y installèrent avec une domestique irlandaise nommée Bridget. Toutes les camarades d'Helen aimaient Ann parce qu'elle était gaie et pleine d'idées amusantes. Chaque fois qu'Helen et sa « maîtresse » n'avaient pas trop de travail, elles invitaient des amies, prenaient le thé et se racontaient les petits potins du collège.

Ces joyeuses réunions n'avaient lieu qu'une fois par semaine, ou tous les quinze jours, car les études d'Helen exigeaient bien plus de travail encore qu'à l'école de Cambridge. Elle lisait tant et tant de pages de Braille qu'elle en avait le bout des doigts à vif. Ann, elle, devait lui lire tous les livres qui n'avaient pas été transcrits en Braille. Elles travaillaient très tard le soir, longtemps après que toutes les camarades d'Helen étaient rentrées chez elles et endormies. Ann tenait le livre presque collé à ses yeux défaillants et épelait inlassablement dans la main d'Helen.

Helen savait maintenant que la vue d'Ann Sullivan s'affaiblissait régulièrement. L'institutrice s'était énormément fatigué les yeux pendant qu'Helen était à l'école préparatoire. Depuis, sa vue avait encore empiré. Des livres, des livres, toujours plus de livres à dévorer. Helen était prise de désespoir quand elle songeait à tout ce qu'elle devait lire encore, et lire grâce aux yeux surmenés de la pauvre Ann.

— Tu ne penses pas que je devrais reprendre ce passage? demandaient les doigts d'Ann. J'ai l'impression que tu n'as pas tout compris.

— Oh si, affirmait Helen. Mais elle n'avait pas tout compris, en effet, et elle prenait du retard dans son travail.

Helen essayait en vain de persuader Ann de retourner chez l'ophtalmologiste. Ann, qui savait très bien ce qui l'attendait, remettait toujours la visite à plus tard.

— Tu as peur de ce qu'il va te dire? demandait Helen.

— Mais non, bien sûr que non, répondait Ann. Ne sois pas stupide. Et elle donnait une petite tape affectueuse sur la joue d'Helen.

Un jour, Ann dut s'arrêter au beau milieu d'une phrase. Elle avait un brouillard devant les yeux. Elle se décida enfin à consulter un spécialiste et Helen l'accompagna.

— Pendant combien d'heures par jour avez-vous fait la lecture à Helen? demanda le médecin.

Quand Ann avoua qu'elle avait lu certains jours jusqu'à cinq heures de suite, il en fut horrifié.

— C'est une pure folie, Miss Sullivan! s'exclama-t-il. Il faut que vous vous arrêtiez complètement, au moins pendant plusieurs mois, si vous voulez sauver le peu de vue qui vous reste.

— Qu'a dit le médecin? demanda Helen, anxieusement, quand elles eurent quitté le cabinet de consultation.

— Il a dit que je devrais reposer mes yeux pendant quelques jours, répondit simplement Ann Sullivan.

Helen savait très bien qu'Ann ne lui avait pas dit toute la vérité et que son état était très grave. Elle le savait depuis le jour où son professeur avait dû s'arrêter brusquement de lire au milieu d'une phrase. Maintenant elle se sentait coupable, chaque fois qu'Ann devait lire pour elle.

Helen était si inquiète qu'elle commença à envisager sérieusement de quitter l'Université. Finalement, Ann rencontra une jeune femme qui connaissait parfaitement l'alphabet manuel et qui s'offrit spontanément de la remplacer pendant quelque temps.

Délivrée de ce lourd souci, Helen reprit plaisir à ses études. Elle aimait surtout l'Anglais et toute la littérature anglaise et américaine. Elle avait un excellent professeur qui s'appelait Charles Copeland.

Pendant les premiers mois à l'Université, Helen faisait des dissertations assez médiocres. Le professeur Copeland se rendit très bien compte qu'Helen essayait d'écrire « comme tout le monde », c'est-à-dire de parler de ce qu'elle ne connaissait pas, des couleurs et des sons, par exemple, alors qu'elle ne pouvait ni voir ni entendre. Finalement, le Professeur Copeland résolut d'avoir avec elle une grande conversation en présence d'Ann Sullivan, qui épelait au fur et à mesure tout ce que le professeur disait.

— Pourquoi n'essayez-vous pas d'écrire sur des sujets que vous connaissez? proposa-t-il à Helen. Rappelez-vous tout ce qui vous est arrivé, tout ce que vous ressentez et racontez-le. N'essayez pas d'imiter ce que vous lisez dans les livres.

Helen suivit ces conseils et le Professeur Copeland fut si satisfait des résultats, qu'il montra les dissertations de la jeune fille à plusieurs de ses amis. Un jour, le rédacteur d'un journal féminin qui s'appelait « The

Ladie's Home Journal » vint à Cambridge pour voir Helen et Miss Sullivan.

— J'ai lu les dissertations de Miss Keller, leur dit-il. Nous aimerions beaucoup les publier dans notre journal.

Là-dessus il leur offrit une somme qui coupa littéralement le souffle à Ann Sullivan.

Peu de temps après, un éditeur de New York offrit de réunir dans un livre tous les textes d'Helen après leur publication dans le journal. Comme il craignait que le volume ne fût un peu mince, il proposa à la jeune fille d'y ajouter quelques inédits et pour cela, de se mettre tout de suite à les écrire!

Helen et Ann, assez excitées, acceptèrent sans se rendre compte du travail que cela représentait. Les mauvais souvenirs du « Roi Frimas » étaient bel et bien effacés, mais il allait falloir encore ajouter des heures de veille à celles que les deux jeunes femmes passaient déjà sur les programmes du collège. Elles se rendirent vite compte que la tâche était au-dessus de leurs forces. Que faire? Elles avaient promis à l'éditeur, Helen était ravie à l'idée d'être publiée...

Heureusement, un ami leur amena, un jour, un jeune chargé de cours à Harvard qui s'appelait John Macy. Comme il s'intéressait beaucoup au cas d'Helen, John Macy apprit rapidement l'alphabet manuel pour pouvoir s'entretenir avec la jeune fille. Grâce à lui, Helen réussit à terminer assez rapidement son livre. Le titre en était : « L'Histoire de ma vie ». Elle y racontait son enfance et comment Miss Sullivan l'avait fait « sortir de la nuit », comment d'une « morte-vivante » elle avait fait une jeune fille heureuse de vivre, passionnée par tout ce qu'elle apprenait, entourée d'amis et qui ignorait le sens du mot « ennui ».

« L'Histoire de ma vie » fut publiée pendant qu'Helen était en troisième année à Radcliffe. Le livre fut traduit dans plusieurs pays, et transcrit naturellement en Braille. Il a été lu, depuis, par des milliers de lecteurs dans le monde entier et on le trouve encore dans presque toutes les bibliothèques scolaires américaines.

Helen avait encore une année à passer à l'Université. Maintenant qu'elle avait deux personnes pour l'aider, et que sa chère Ann pouvait prendre un repos bien mérité, tout lui semblait beaucoup plus facile.

Par une belle journée de juin 1904 — Helen venait d'avoir vingt-quatre ans — quatre-vingt-seize jeunes femmes en robes de professeur et coiffées de l'étrange toque qui était l'insigne de Radcliffe, reçurent leur diplôme de fin d'études. Comme Radcliffe était rattachée à Harvard, les diplômes portaient la signature du Président de l'Université de Harvard.

Parmi les diplômées, il y en avait une que tout le monde regardait. C'était une grande jeune fille à l'expression grave, diplômée *cum laude*, c'est-à-dire avec mention Bien. Miss Sullivan était fière mais elle avait un petit regret. Elle avait espéré qu'Helen aurait une mention *summa cum laude* : avec mention très bien. Elle estimait que c'était sa faute, s'il n'en avait pas été ainsi.

Il y eut beaucoup d'articles sur Helen dans les journaux. C'était la première fois qu'un être humain aussi cruellement handicapé, réussissait à obtenir haut la main un diplôme universitaire réputé pour sa difficulté.

L'un des articles parlait d'une « petite femme en noir » qui était assise à côté d'Helen.

Il s'agissait d'Ann Sullivan.

« Il faut que je gagne ma vie »

Tout de suite après la cérémonie, Helen fit ses adieux à ses camarades de classe et à ses professeurs. Elle remercia tout particulièrement le professeur Copeland qui avait eu une si heureuse influence sur sa « carrière littéraire ». Puis, son diplôme sous le bras, elle partit toute joyeuse avec Ann pour prendre le tramway qui devait les conduire à leur nouvelle maison.

Avec l'argent gagné grâce aux articles et au livre, Helen et Ann avaient acheté une ferme abandonnée, tout près de la Ferme Rouge des Chamberlin, à Wrentham, où elles avaient passé tant de bons moments.

Menuisiers, plombiers, électriciens et peintres, tous les corps de métiers avaient travaillé dans la vieille maison et en avaient fait un vrai logis chaud et accueillant.

Pendant qu'Helen et Ann assistaient à la cérémonie de la remise des diplômes, les déménageurs avaient apporté leurs meubles de la maison de Cambridge, dans leur nouvelle demeure. Bridget, leur domestique, les y avait précédées pour tout installer. Elles se réjouissaient déjà à l'idée de « pendre la crémaillère ». Quittant le tramway à Wrentham, elles firent le reste du chemin à pied.

Bientôt Ann aperçut la maison, toute blanche, entourée d'une belle pelouse, avec ici et là de très grands arbres; la pelouse descendait en pente douce jusqu'à un lac assez vaste pour pouvoir s'y baigner et y faire du bateau.

Quand elles approchèrent de la maison, un énorme chien vint en bondissant à leur rencontre. C'était Thora, le danois d'Helen. Dans son enthousiasme, Thora faillit renverser Ann mais on lui avait appris à ne jamais sauter sur Helen, malgré toute la joie qu'il pouvait avoir à la retrouver.

Pendant longtemps, Helen n'avait pas voulu remplacer la pauvre Lionne, mais un jour les Chamberlin l'avaient à peu près obligée à prendre un des chiots que venait de mettre au monde leur très belle chienne danoise. Très vite Helen et Ann s'étaient attachées à Thora qui était une bête superbe, exubérante et très affectueuse.

Elles descendirent jusqu'au lac, avec Thora sur leurs talons. Dans le hangar à bateaux, elles trouvèrent le canoë d'Helen et sa barque. Les rames étaient attachées par des bandes de cuir qui les empêchaient de glisser hors des porte-rames.

Helen avait appris à pagayer. Elle s'asseyait à l'avant, tandis qu'une autre personne pagayait à l'arrière pour maintenir le canoë dans la bonne direction. Dans la barque aussi elle se débrouillait très bien et elle ramait très adroitement; généralement, quelqu'un tenait la barre, derrière elle; mais, quand le lac était calme, elle pouvait ramer toute seule; en se fiant à l'odeur des herbes, des nénuphars et des buissons qui bordaient la rive, elle arrivait parfaitement à maintenir le bon cap.

— Est-ce que le plongeoir est installé? demanda Helen.

Ann lui répondit aussitôt par l'affirmative. On se souvient qu'Helen avait appris à nager au bord de la mer, avec Ann. Plus tard, elle s'était beaucoup perfectionnée dans l'Étang du Roi Philip, à la Ferme Rouge. Elle avait appris à plonger et à nager sous l'eau.

— Ta corde est installée aussi, épela Ann.

Une très longue corde pendait au bord de l'eau. Elle était solidement attachée autour du tronc d'un saule. Quand Helen allait nager toute seule, elle nouait cette corde autour de sa taille, ce qui lui permettait de revenir sans encombre vers la rive.

La ferme avait été si longtemps à l'abandon qu'une véritable forêt de ronces avait poussé au pied des grands arbres. Ann expliqua à Helen que les ouvriers avaient taillé et nettoyé toutes ces broussailles et qu'ils avaient tendu des fils de fer d'arbre en arbre le long des sentiers pour guider Helen quand elle se promènerait.

— Allons chercher notre bicyclette, dit Helen.

La bicyclette les attendait dans la grange. C'était en réalité un tandem. Ann se mettait devant pour diriger, et Helen pédalait allègrement derrière elle. Elles aimaient beaucoup toutes les deux se promener sur les petites routes à travers la campagne. Helen disait qu'elle pouvait ainsi « respirer le paysage »

Quittant la grange, elles entrèrent enfin dans leur ravissante maison, où elles devaient passer des jours très heureux. C'était une maison joyeuse et accueillante, toujours pleine d'invités. Maintenant qu'Helen avait enfin, « dans la poche », son fameux diplôme, cause de tant de soucis et de tant de fatigues, les deux jeunes femmes allaient pouvoir prendre un repos bien gagné et de joyeuses vacances.

Mme Keller et la domestique de Tuscumbia

(la mère de cette Martha Washington qui avait été, longtemps, la seule amie d'Helen quand elle était petite) avaient appris à Helen comment réussir la délicieuse cuisine du Sud. Helen faisait d'excellents plats, à base de maïs et de poulet, qui enthousiasmaient ses amis de Boston ou de New York.

Mme Keller avait également initié Helen aux joies du jardinage. La jeune fille, qui aimait plus que tout respirer et toucher les fleurs, passait de nombreuses heures à bêcher, à désherber et à composer ses massifs.

L'ami qui venait le plus souvent dans la grande maison était John Macy, le chargé de cours à Harvard qui avait aidé Helen à Radcliffe. John était très amoureux d'Ann Sullivan, mais celle-ci ne semblait pas l'encourager beaucoup dans ses sentiments.

Un beau jour, elle finit tout de même par répondre « oui » à la énième demande en mariage de John. Un peu étonnée, elle vit Helen et John pliés en deux par un fou rire irrépressible.

— J'étais en train de dire à Helen, expliqua John, que j'espérais bien que vous ne changeriez plus d'avis, mais que pour être plus tranquilles, il vaudrait mieux préciser sur les faire-part de mariage : « changement de programme possible jusqu'à la dernière minute! »

Ann se joignit alors de bon cœur à l'hilarité des deux amis.

Il n'était pas question pour Ann d'abandonner Helen. Elle s'installa donc avec son mari dans la maison blanche. John écrivait des articles et des livres. Il encouragea Helen à se remettre elle aussi au travail et il l'aidait beaucoup pour soulager sa jeune femme dont la vue était toujours très fatiguée.

Helen comptait gagner sa vie en écrivant. Malheureusement, dès qu'elle ne parlait plus d'elle-même, ce qu'elle écrivait n'avait aucun succès. Elle fut particulièrement déçue quand tous les journaux refusèrent un article qu'elle avait écrit avec beaucoup de soin, en se documentant très sérieusement et qui traitait de la façon de soigner les yeux des enfants afin de leur éviter d'éventuels troubles de la vue.

— L'ennui c'est que les gens ne veulent rien lire d'autre que ce que j'écris sur moi-même, dit-elle un matin à Ann et à John, à la table du petit déjeuner. Et j'ai écrit tout ce que je pouvais écrire sur ce sujet!

John acquiesça avec sympathie :

— Je crains bien que ce ne soit toujours comme ça, épela-t-il dans la main d'Helen...

Et ce n'est peut-être pas toujours très amusant de parler de soi!

Plus tard dans la matinée, alors qu'Helen était installée devant sa machine à écrire et se creusait la tête pour trouver « un sujet », Ann arriva avec le courrier.

— Il y a une lettre d'Andrew Carnegie! épela-t-elle très vite.

Andrew Carnegie était alors l'un des hommes les plus riches du monde; il avait fait fortune dans l'acier. C'était aussi un mécène et un philanthrope. Il avait, par exemple, fait installer à ses frais un très grand nombre de bibliothèques à travers les États-Unis.

Les doigts d'Ann s'agitaient, dansaient même dans la main d'Helen : M. Carnegie voulait aider la jeune fille et lui offrait une pension, un revenu régulier jusqu'à la fin de sa vie.

— C'est très gentil de sa part, dit Helen, mais je ne veux pas de pension. Il faut que je gagne ma vie comme tout le monde.

Le jour même, elle écrivit une lettre à Andrew Carnegie, le remerciant de son offre généreuse et... refusant poliment toute aide de sa part.

Comment allait-elle donc la gagner, sa vie, puisque ses articles n'avaient pas de succès? C'était la question qu'Helen ne cessait de tourner et de retourner dans sa tête.

Elle n'aimait pas en parler à Ann ou à John Macy. C'était son problème, et c'était à elle de le résoudre. Ann ne s'en mêlait pas, mais la regardait souvent d'un air perplexe quand elle la voyait plongée dans de profondes méditations.

— Il va falloir trouver une solution, déclara-t-elle un beau jour à son mari. Il nous reste bien encore un peu d'argent sur la somme destinée à couvrir les frais des études d'Helen, mais cet argent ne va pas durer toujours.

John Macy n'avait qu'une situation modeste et lui non plus ne gagnait pas tellement d'argent avec ses articles... Il ne pouvait pas faire vivre les deux femmes et entretenir la maison.

Un jour, une lettre arriva du Bureau Pond. C'était une agence qui organisait des conférences dans différentes villes d'Amérique. Le Bureau offrait à Helen de faire une série de conférences, et ces conférences seraient très bien payées.

— Moi... faire une conférence? dit Helen quand Ann lui eut lu la lettre... Une tournée de conférences? Mais c'est de la folie, je ne pourrai jamais!

— En es-tu si sûre que cela? lui épela Ann dans la main. Je crois que tu le pourrais parfaitement, au contraire, et je ne suis même pas sûre que cela t'ennuierait tant que cela, ajouta-t-elle malicieusement.

Ann était mieux placée que quiconque pour connaître le caractère d'Helen. Elle savait que la jeune fille aimait par-dessus tout faire des choses très difficiles, des choses réputées impossibles pour elle. Ann avait toujours encouragé Helen dans cette voie de la témérité. Bien lui en avait pris! C'était grâce à cela que son élève avait découvert la joie de vivre.

Helen réfléchissait. Si elle acceptait cette offre et si elle partait vraiment pour faire une tournée de conférences, ce serait certainement l'entreprise la plus dure dans laquelle elle se serait jamais lancée.

— Comment pourrais-je? ne cessait-elle de se demander. Personne dans l'auditoire ne comprendra un traître mot de ce que je dirais!

Helen savait que sa voix avait un timbre monotone, assez désagréable, et que sa diction était restée mauvaise, malgré les exercices qu'elle continuait journellement avec la plus grande application. Elle parlait même si mal, que certains de ses amis estimaient qu'elle aurait dû y renoncer. Si elle essayait de parler en public, elle s'exposait à ce que ce même public quittât la salle dès qu'elle aurait prononcé sa première phrase.

En outre, il n'était évidemment pas question qu'Helen partît seule. La jeune fille était désolée à l'idée d'enlever Ann à son mari, de l'éloigner de la maison dans laquelle elle se trouvait si bien et prenait enfin un peu de repos. Ce fut Ann elle-même qui prit la décision, car elle avait très bien compris que c'était à cause d'elle, qu'en fin de compte Helen hésitait encore.

— Allons, lui épela-t-elle un jour dans la main; on y va, partons!

Les conférences furent tout de suite un succès, bien qu'au début Helen fût presque morte d'inquiétude. C'était vrai que l'auditoire la comprenait mal; Ann était obligée de répéter, après elle, tout ce qu'Helen disait.

Mais les gens avaient entendu parler d'Helen Keller depuis qu'elle était petite fille. Ils voulaient la voir. Lorsqu'ils arrivaient dans la salle de conférence, ils étaient émerveillés de découvrir sur la scène une grande jeune femme mince, élégante et séduisante. Seul son regard fixe trahissait son infirmité.

On sait qu'Helen avait une démarche extraordinairement aisée. Elle se déplaçait avec légèreté, la main à peine posée sur le bras de son amie Ann. Tous les jeux de garçon manqué, ballon, cache-cache, etc., auxquels Ann Sullivan avait joué avec elle, lui avaient donné beaucoup d'assurance. Elle n'avançait jamais timidement, elle ne traînait pas les pieds, elle ne tâtonnait pas, elle n'avait jamais peur. On ne la comprenait pas toujours très bien lorsqu'elle parlait, mais on l'admirait énormément de pouvoir dire : « je ne suis plus muette », la fameuse phrase qu'elle avait prononcée pour la première fois devant Ann et Mme Keller, des années auparavant.

Toujours, partout où elles étaient, Helen s'inquiétait pour les yeux de son amie. Ann ne se plaignait jamais, mais Helen sentait, lorsqu'elle marchait à côté d'elle et qu'Ann la tenait par le coude, que la jeune femme ne se déplaçait pas aussi vite et avec autant d'assurance que par le passé. Maintenant, c'était Helen qui guidait presque Ann. Ann hésitait longtemps avant de traverser les rues. Un jour, à Buffalo, dans l'État de New York, elle ne vit pas qu'il y avait une marche à gravir et elle tomba, se blessant assez sérieusement à l'épaule.

Après cet accident, et dès qu'Ann fut capable de voyager à nouveau, elles regagnèrent Wrentham et la maison. Pendant plusieurs mois, elles renoncèrent complètement aux tournées de conférences.

Ces conférences leur permettaient tout de même de gagner leur vie assez largement.

Après la guérison d'Ann, elles repartirent donc et continuèrent... jusqu'à un soir terrible à Bath, dans l'État du Maine.

Ann Sullivan souffrait depuis plusieurs jours d'un refroidissement. Ce soir-là, elle se sentait si malade qu'elle eut toutes les peines du monde à se traîner jusqu'à l'hôtel, après la conférence.

Helen se réveilla au milieu de la nuit, inquiète. Elle se leva et alla près du lit d'Ann. Elle prit la main de son amie et la trouva brûlante. Les doigts d'Ann restèrent immobiles dans la paume d'Helen. Le front de la malade était aussi terriblement chaud. Helen ne pouvait pas l'entendre gémir et délirer, mais elle avait très bien compris tout de même que l'état de son amie était très grave.

Que faire ? Helen réussit à trouver la sonnette, mais elle appuya dessus en vain : le veilleur de nuit devait dormir. Le téléphone ? Elle ne pouvait pas s'en servir, personne n'aurait compris sa voix maladroite et sa prononciation défectueuse. Elle ne pouvait pas non plus descendre seule à la réception et, d'ailleurs, si personne ne répondait au coup de sonnette, c'est qu'il n'y avait personne non plus en bas.

Helen ne pouvait rien faire, sinon attendre, seulement attendre. Pendant tout le reste de la nuit, elle demeura assise auprès du lit de la malade. Au bout d'un temps qui lui parut durer des années, elle sentit la main d'Ann remuer de nouveau et lui « parler ».

— Ne t'inquiète pas, cela va mieux...

Ann réussit à se lever, à téléphoner. Elle put prévenir le directeur de l'hôtel qui lui envoya un médecin. Celui-ci diagnostiqua une grave congestion pulmonaire.

Après cette pénible aventure, Helen et Ann renoncèrent à voyager seules.

Un sauvetage dramatique

Helen était sur le point de s'endormir, quand elle remarqua l'odeur. C'était comme une sorte de vapeur qui montait du poêle.

— C'est curieux que la chaleur monte à cette heure de la nuit, songea la jeune fille.

Il était très tard, et tout le monde était couché depuis longtemps. Seule Helen veillait. Depuis quelques semaines, elle avait du mal à s'endormir.

C'était peut-être à cause du départ d'Ann. Ann passait l'hiver à Porto-Rico, avec son mari, pour se remettre de sa congestion pulmonaire dans un climat chaud et ensoleillé. Pendant son absence, qui devait durer quatre mois, Helen était revenue à Tuscumbia, dans la maison de son enfance, pour se faire gâter par sa mère et par sa jeune sœur, Mildred, qui était maintenant mariée.

Depuis ce 3 mars 1887, qui avait vu arriver la jeune femme à Tuscumbia, c'était la première fois qu'Helen et Ann étaient séparées aussi longtemps. Helen se remémorait tous les détails de cette arrivée : les bras inconnus qui l'avaient saisie, le grand sac de voyage... la poupée, les innombrables colères... Elle souriait en pensant à tout cela, mais elle se sentait très seule. Ann était son trait d'union avec le monde extérieur, et beaucoup plus que cela encore. Et puis Helen se faisait du souci pour elle. Allait-elle vraiment mieux? Ses yeux étaient-ils en meilleur état? Heureusement, Ann lui écrivait de longues lettres en Braille et lui racontait tout ce qu'elle voyait d'amusant ou d'intéressant dans ce pays nouveau pour elle.

Plongée dans sa rêverie, Helen avait un peu oublié l'odeur, mais celle-ci se rappela à elle avec insistance. Elle avait d'ailleurs un peu changé. C'était plutôt maintenant comme une odeur de feuilles brûlées. Mais qui donc pouvait bien brûler des feuilles à cette heure indue?

— Peut-être le jardinier a-t-il fait un feu cet après-midi dans le jardin. Il a cru l'éteindre, et le feu est reparti pendant la nuit.

Décidée, cette fois, à dormir pour de bon, Helen s'enfonça dans son oreiller. Soudain, brusquement, elle repoussa ses couvertures.

Non, elle ne rêvait pas : l'odeur était franchement inquiétante! Cela sentait le goudron, et vaguement le bois brûlé... et l'odeur se rapprochait, elle devenait de plus en plus forte!

— Il faut que je réveille maman! se dit Helen en sautant du lit.

Elle hésita l'espace d'une seconde, pour s'orienter, mais elle retrouva vite le chemin familier qui menait de sa chambre à la chambre de sa mère.

Dès qu'elle fut arrivée, elle se précipita au chevet de sa mère, la secoua en disant :

— Réveille-toi, maman, vite, il y a le feu!

Heureusement, Helen avait pensé à fermer sa porte en quittant sa chambre. Car, lorsque sa mère la rouvrit, toute la pièce flambait. La porte fermée avait évité un appel d'air qui aurait propagé le feu à toute la maison.

Le capitaine Keller, Mildred et son mari se réveillèrent aux cris de Mme Keller. On appela les pompiers, puis tout le monde se précipita dehors. Il était temps, car les flammes commençaient à atteindre l'escalier. Les pompiers réussirent à maîtriser l'incendie, mais la maison était très endommagée.

— Si nous étions arrivés cinq minutes plus tard, toute la maison flambait! déclara le capitaine des pompiers.

On ne sut jamais exactement ce qui avait

provoqué l'incendie. Sans doute, des escarbilles tombées du poêle avaient-elles enflammé un tas de vieux chiffons que la domestique avait oubliés là, après s'en être servi pour nettoyer les candélabres d'argent sur la cheminée.

— Ma chérie, ma chérie, tu nous as sauvé la vie à tous, répétait Mme Keller en pleurant, et en serrant Helen contre son cœur. Elle tremblait en pensant que le feu avait pris dans la chambre de sa fille et que celle-ci n'avait été sauvée que grâce à son odorat exceptionnellement développé, qui l'avait avertie, alors qu'il en était encore temps, d'avoir à quitter la chambre.

Helen écrivit à Ann pour lui raconter toutes les péripéties de l'incendie et elle terminait en disant :

— J'ai l'impression que je ne pourrai plus jamais dormir tranquille ici sans coller mon visage contre le sol et chercher partout s'il n'y a pas une odeur suspecte ou une étincelle cachée.

Mme Keller et Mildred redoublèrent de gâteries et de petits soins attendrissants pour Helen. Celle-ci était tout de même très heureuse à Tuscumbia. Elle faisait la cuisine avec sa mère et elle apprenait toutes sortes de petits tours de main qui font les grandes cuisinières, et que Mme Keller lui expliquait avec amour.

Les parents Keller étaient extrêmement fiers des succès universitaires de leur fille Helen. Ils l'admiraient sans réserve.

— C'est égal, ajoutait Mme Keller, je suis fière aussi que tu saches si bien faire la cuisine et que tu sois un très habile jardinier!

Au mois d'avril, Ann revint de Porto-Rico. Elle se sentait beaucoup mieux et elle avait bonne mine. Heureusement, car une tâche peu réjouissante les attendait Helen et elle.

Les deux jeunes femmes retournèrent à Wrentham, non pas pour s'y installer à nouveau, mais pour vendre, hélas, la belle maison blanche, qu'elles aimaient tant. Cela leur faisait beaucoup de peine, mais elles ne pouvaient pas la garder, car elle était trop grande et leur coûtait trop cher à entretenir.

Qui plus est, elle était généralement vide. John Macy n'enseignait plus à Harvard. Il travaillait pour un journal et réussissait bien dans son nouveau métier. Mais il était très souvent obligé de s'absenter pendant plusieurs jours de suite. Quant à Ann et Helen, elles devaient partir souvent, elles aussi, pour leurs tournées de conférences.

Elles trouvèrent une autre maison à Forest Hill, aux environs de New York. Cette maison était beaucoup moins belle que celle de Wrentham, mais elle était tout à fait dans leurs moyens. Ann et Helen l'arrangèrent d'une façon charmante, en se disant qu'il ne fallait pas se complaire dans des regrets superflus!

Elles ne perdaient rien de leur bonne humeur et elles avaient une nouvelle amie qui les encourageait beaucoup à rester dans cet heureux état d'esprit, c'était Polly Thomson.

Après la terrible nuit de Bath, pendant laquelle Ann avait été si malade, les deux jeunes femmes s'étaient rendu compte qu'elles ne pourraient plus partir en tournées de conférences sans être accompagnées par une troisième personne. Un de leurs amis leur avait parlé alors de Polly Thomson.

Polly était venue d'Écosse pour faire un petit séjour chez des cousins à Boston. Ce « petit séjour » devait durer plus de quarante ans!

Polly était toute jeune et venait de terminer ses études de secrétaire, quand elle rencontra Helen et Ann chez un ami commun. Elle plut immédiatement aux deux jeunes femmes qui l'invitèrent à passer quelques jours chez elles, dans la grande maison blanche qui leur appartenait encore. Depuis, Polly n'avait plus songé à s'en aller. Quant à Ann et Helen, elles ne pouvaient pas se passer d'elle. Polly avait accompagné Ann à Porto-Rico et lui avait tenu compagnie quand son mari était obligé de partir en reportage.

Ce qui était merveilleux avec Polly, c'est qu'elle faisait tout avec une bonne humeur et une désinvolture peu banales. Helen et Ann s'en rendirent bien compte, quand Polly commença à les accompagner dans leurs tournées de conférences, après leur installation à Forest Hill.

Malgré ses lunettes, Ann avait toujours eu du mal à consulter les indicateurs de chemin de fer. Ils étaient imprimés en trop petits caractères. Même en approchant l'indicateur tout près de ses yeux, elle avait beaucoup de peine à distinguer les lettres et les chiffres et cela l'ennuyait énormément de demander aide et assistance à quelqu'un :

— Cela m'humilie, disait-elle en riant (mais dans son for intérieur elle ne plaisantait pas) de déranger tout le temps des inconnus. J'ai l'impression d'être une vieille femme qui a besoin de béquilles.

Maintenant que Polly était là, Ann n'avait plus à s'inquiéter de ces mille détails matériels qui lui empoisonnaient la vie. Avec une inaltérable bonne humeur, Polly mettait au point les itinéraires, combinait les horaires des voyages, faisait la liste des personnes avec lesquelles il fallait prendre contact dans chaque ville, etc.

Entre autres, Polly eut beaucoup de mal à mettre de l'ordre dans les finances de ses amies. Ann était trop fatiguée et y voyait trop mal pour tenir les comptes. Désormais, ce serait Polly qui s'occuperait de toutes les questions d'argent. La pauvre Ann avait la vue si mauvaise, qu'il lui arrivait souvent de confondre les billets de banque; et les gens n'étaient pas toujours assez honnêtes pour venir à son secours, lorsqu'elle se trompait à son détriment... Helen, qui était complètement aveugle, et qui, de plus, ignorait tout de la valeur de l'argent, ne lui était évidemment d'aucun secours.

Handicapées maintenant toutes les deux, Ann et Helen étaient incapables de « gérer leur budget » pour d'autres raisons encore : elles étaient la générosité même et l'on ne faisait jamais appel en vain à leur bon cœur. Tout le monde savait que, dès qu'il s'agissait d'aider des enfants ou des infirmes, elles ne refusaient jamais. Quitte à manger des pommes de terre à l'eau pendant huit jours de suite, en attendant les cachets des prochaines conférences...

Si John Macy avait été encore là, il les aurait guidées, aidées, comme il l'avait toujours fait. Mais John Macy était mort, loin des siens, pendant un reportage à l'étranger. Depuis la disparition de son mari, Ann avait beaucoup vieilli.

Heureusement, Polly était là! Elle expliqua à Ann et à Helen qu'elle ne les empêcherait pas de faire la charité à qui bon leur semblait, mais qu'il ne fallait tout de même pas mourir de faim. Elle se chargea de mettre de côté l'argent nécessaire à la nourriture et aux dépenses pour l'entretien de la maison.

En principe, Polly était secrétaire. Elle avait très vite appris l'alphabet manuel et c'était elle qui, maintenant, faisait la lecture à Helen. Même si elle l'avait voulu, Ann n'en était plus capable et, du reste, Helen lui interdisait formellement de lire quoi que ce fût. Polly dépouillait le courrier, toujours abondant, triait les lettres, les classait, et faisait les comptes comme un vrai ministre des Finances.

Quand le ministre des Finances voyait qu'il n'y avait plus assez d'argent dans la caisse pour faire venir une femme de ménage, Polly retroussait ses manches et se mettait gaiement à faire la vaisselle ou la lessive...

Polly ne touchait son salaire que lorsque les dettes étaient payées, et que tous les quêteurs avaient été satisfaits... autant dire jamais.

Mais elle aimait Ann et Helen comme des sœurs; elle admirait leur courage, leur bonne humeur et leur intelligence exceptionnelle qui rendaient délicieuse la vie auprès d'elles et très secondaires tous les ennuis matériels.

De l'autre côté de la rampe

Helen commençait à se faire énormément de souci pour Ann.

— Que deviendra-t-elle s'il m'arrive quelque chose? se répétait-elle sans cesse. Polly est merveilleuse, mais elle ne pourra pas faire vivre deux personnes et, surtout, si elle travaille à l'extérieur, qui restera auprès d'Ann?

On avait tenté plusieurs opérations pour sauver les pauvres yeux d'Ann Sullivan. Mais les résultats étaient, à chaque fois, plus décevants. Helen savait parfaitement qu'il n'y avait plus aucun espoir et que très bientôt Ann serait complètement aveugle.

Toujours en pensant à Ann, et pour pouvoir payer les opérations, Helen avait fini par accepter une pension d'Andrew Carnegie; mais cette pension ne serait plus versée si Helen venait à mourir. Que ferait Ann, infirme et sans un sou devant elle?

— Il faut que je trouve un moyen de gagner

beaucoup d'argent. Je le placerai dans une banque et Ann sera à l'abri du besoin, même si elle reste seule.

Mais comment trouver beaucoup d'argent? Un jour, le moyen se présenta, alors qu'Helen ne l'espérait plus. Elle savait très bien qu'en acceptant la proposition qu'on venait de lui faire, elle allait essuyer maints reproches et maintes critiques. Mais « nécessité fait loi » : il lui fallait agir.

Le music-hall connaissait alors une vogue énorme en Amérique et le cinéma ne l'avait pas encore détrôné. Les spectacles de music-hall étaient composés, comme aujourd'hui, de plusieurs numéros : acrobates, trapézistes, chiens savants, prestidigitateurs, clowns, etc. Chaque ville des États-Unis avait au moins une ou deux salles de music-hall, et le spectacle changeait chaque semaine.

Il y avait toujours dans le programme ce que l'on appelait « la tête d'affiche ». C'était quelquefois un acteur célèbre qui récitait un monologue, ou un chanteur, ou un virtuose. Quelquefois c'était un orateur. Tous ces gens étaient payés très cher.

Un directeur de music-hall, propriétaire de plusieurs salles, proposa à Helen d'être tête d'affiche. En acceptant cette offre, elle gagnerait plus d'argent qu'elle n'en avait jamais gagné jusqu'ici.

Helen savait ce que diraient ses amis bien intentionnés : qu'elle s'exhibait pour de l'argent comme un monstre, que c'était une honte, etc. mais elle ne s'en souciait guère. La seule chose qui lui importait c'était de rassembler une somme suffisante pour mettre Ann à l'abri du besoin, quoi qu'il arrivât.

Il était indispensable qu'Helen eût quelqu'un auprès d'elle sur scène, comme pour ses conférences, qui rendrait intelligible au public ce qu'elle disait. Elle continuait toujours à travailler sa diction, mais elle n'avait jamais obtenu que des résultats médiocres, et elle n'espérait plus, hélas, des progrès notables dans cette direction. Il était à peu près impossible à des gens qui ne la connaissaient pas depuis longtemps, et qui n'étaient pas familiarisés avec sa prononciation, de comprendre ce qu'elle disait.

— Pourquoi ne pas faire monter Polly sur scène avec moi ? demanda Helen à Ann. J'ai peur que les feux de la rampe, qui sont, paraît-il, très violents, ne te fassent mal aux yeux.

Ann refusa énergiquement. Elle épela très vite dans la main d'Helen :

— Je sais très bien que tu fais cela pour moi. Ne t'imagine pas que je vais te laisser y aller seule, sans moi! C'est mon travail de t'aider, et je le ferai!

Polly les accompagnait, mais c'était Ann qui montait, soir après soir, sur la scène brillamment éclairée, bien que, ainsi que le redoutait Helen, les feux de la rampe la fissent beaucoup souffrir. Tout de même, lorsqu'elle était trop fatiguée, elle laissait Polly la remplacer.

Au moment où le directeur du music-hall avait eu l'idée d'engager Helen, ses associés l'avaient traité de fou. L'un d'eux lui avait déclaré vertement :

— Écoutez, les gens viennent chez nous pour rire et s'amuser! Ils ne viendront pas longtemps si on leur offre comme attraction une malheureuse infirme et sa dame de compagnie!

Le directeur ne céda pas. Il tenait à son idée, car il était persuadé qu'elle était excellente :

— Vous oubliez, répondait-il aux objections que lui présentaient inlassablement ses associés, vous oubliez qu'Helen Keller est la femme la plus célèbre du monde. Je suis sûr que les gens viendront la voir et l'entendre. Ils ne viendront ni pour avoir pitié, ni encore moins pour se moquer. Ils viendront parce qu'ils admirent Helen Keller. Et ils auront raison, car ce qu'elle a réussi à faire est réellement admirable.

On commença par rôder le numéro dans une petite salle de Mount Vernon, dans la banlieue de New York.

Helen, Ann et Polly étaient fort mal à l'aise. Elles avaient le trac, et toute cette aventure ne leur plaisait pas beaucoup. Le directeur avait beau les encourager, à mesure que l'heure fatidique du spectacle avançait, elles étaient de plus en plus anxieuses.

Le rideau se leva enfin sur un décor représentant un joli salon. Dans un des angles se trouvait un piano à queue avec un vase de fleurs posé dessus. Vêtue d'une robe du soir, Ann se tenait au centre de la scène, essayant de ne pas cligner les yeux malgré la violence de la lumière. Elle devait faire un petit discours, expliquant comment Helen avait appris à lire et à parler.

Pendant qu'Ann terminait son petit exposé, Helen et Polly attendaient anxieusement dans la coulisse. Helen connaissait bien son rôle, car elle l'avait répété souvent. Lorsque Ann eut fini, l'orchestre joua quelques mesures et Polly poussa légèrement Helen du coude. La jeune fille s'avança alors seule, sur la scène brillamment éclairée.

Elle étendit le bras, toucha le piano, comme prévu, et, passant légèrement la main sur le couvercle, elle remonta jusqu'à ce que ses doigts eussent rencontré le pied du vase. Elle sut alors qu'elle se trouvait à sa place et elle s'arrêta et se tourna vers le public. Très posément, en s'appliquant beaucoup pour articuler le mieux possible, elle demanda secours et assistance pour tous les aveugles. Ann se contenta de répéter, juste après Helen, les phrases que celle-ci venait de prononcer. Ensuite le rideau tomba.

Aussitôt les applaudissements éclatèrent, chaleureux, enthousiastes. Helen ne pouvait pas les entendre, mais Ann lui avait pris la main et lui disait : « Rassure-toi cela a très bien marché. » Le public de Mount Vernon avait beaucoup aimé Helen.

— Tout s'est très bien passé ce soir, mais c'est au Palace que nous serons vraiment fixés, dit l'un des associés du directeur, celui qui trouvait que c'était une folie d'avoir engagé Helen.

— Ici c'était un public de banlieue. Le numéro a très bien marché, je vous l'accorde poursuivit-il, mais, au Palace, les gens ne viendront pas pour voir Helen Keller, ils viendront pour voir un bon spectacle, et si cela ne leur plaît pas, ce sera tant pis pour nous!

La salle du Palace était comble le jour où Helen y débuta.

Le rideau s'ouvrit et Ann commença son petit discours. Le public demeurait absolument silencieux et on le sentait très réticent. Certaines personnes s'agitaient nerveusement sur leur siège.

Lorsqu'Helen Keller parut, tout changea. La jeune fille était souriante, très élégante, elle suivait le rythme de la musique, dont elle percevait les vibrations au sol. Dès qu'elle entra sur scène, les applaudissements éclatèrent dans la salle.

Avec un sourire heureux, Helen remercia en expliquant :

— J'entends parfaitement vos applaudissements, grâce à la semelle de mes souliers!

Le public alors se déchaîna et lui fit un triomphe. Les gens se levaient pour l'acclamer. A la fin du spectacle, le directeur du music-hall, suivi de son associé enfin convaincu, vint dire à Helen avec admiration :

— Miss Keller, ils vous mangeaient dans la main.

Il en fut toujours ainsi pendant les deux années durant lesquelles Helen, Ann et Polly parcoururent le pays. Il n'y eut pratiquement pas de ville des États-Unis où elles ne se produisirent pas. Dans nombre d'entre elles, on les invita à revenir. Les gens adoraient Helen et Helen les adorait. Ce qui avait été pour elle au début une abominable corvée était devenu presque un plaisir, car elle avait l'impression, justifiée, que tous les spectateurs qui se dérangeaient pour venir la voir étaient ses amis.

Lorsqu'elle avait achevé son petit discours, le public était invité à lui poser des questions. Certaines de ces questions étaient stupides, mais elles n'étaient jamais méchantes. Il y en avait une qui revenait toujours :

— Fermez-vous les yeux pour dormir?

Avec une patience à toute épreuve, Helen faisait toujours comme si c'était la première fois qu'on lui posait la question. Elle attendait quelques instants en se donnant l'air de réfléchir profondément, puis elle répondait en souriant :

— Je ne sais pas! Je ne suis jamais restée réveillée assez longtemps pour le savoir!

Ces voyages plaisaient beaucoup à Helen. Elle savait très bien que certains de ses amis lui reprochaient sévèrement ce qu'elle faisait. Ceux du moins qui n'avaient pas compris pourquoi elle avait choisi cette vie bizarre, qui ne cessaient de se demander pourquoi, grands dieux, elle « se produisait sur la scène d'un music-hall ». Ils la blâmaient tous en cœur, mais Helen s'en souciait peu. Elle ne les entendait pas... et ne tenait pas à les entendre.

Elle se réjouissait par contre d'avoir des tas de nouvelles relations passionnantes : acrobates, danseurs, chiens, singes et phoques... cela lui rappelait la visite au cirque qu'elle avait faite avec Ann, il y avait de cela si longtemps.

Helen ne pouvait tout de même pas se réjouir complètement. Elle savait que les tournées fatiguaient beaucoup Ann et elle fut tout de même soulagée de pouvoir les abandonner au bout de deux ans.

Elle avait gagné beaucoup d'argent et Polly avait su mettre de côté ce qu'il fallait pour assurer l'avenir d'Ann, si Helen venait à disparaître avant elle. La jeune fille était donc tranquillisée quant au sort de son amie et, comme on lui proposait une situation plus tranquille et plus « honorable », elle l'accepta avec plaisir.

Il s'agissait de travailler au Bureau de la Fondation Américaine pour les Aveugles. Helen devait garder cette situation pendant de nombreuses années.

La Fondation était extrêmement active.

Elle s'occupait des écoles pour les aveugles et aidait à former des professeurs pour ces écoles. Elle accordait des bourses aux étudiants aveugles les plus doués pour qu'ils puissent poursuivre leurs études.

La Fondation collaborait avec le Congrès, c'est-à-dire avec l'Assemblée législative américaine, dans le dessein de faire voter des lois susceptibles d'aider, de protéger, d'assister les aveugles. Par des campagnes de presse, la Fondation s'efforçait de faire comprendre à ceux qui voient, ce dont les aveugles ont besoin et comment on peut les secourir. Elle expliquait aux chefs d'Entreprise que de nombreux emplois peuvent être confiés à des aveugles qui les remplissent parfaitement.

En collaboration avec la Bibliothèque du Congrès, la Fondation éditait également des « livres parlants pour les aveugles », c'est-à-dire des disques. On enregistrait intégralement un livre lu à haute voix, et les aveugles pouvaient ensuite l'écouter chez eux, sur leur propre phonographe.

— J'aimerais entendre un de ces disques, dit Helen à son amie, lorsqu'elle apprit l'existence des « livres parlants ». Cela me paraît une excellente initiative qui va transformer la vie des aveugles; cela va redonner courage à tous ceux que le Braille ennuie ou fatigue.

Quelques jours plus tard, Helen reçut un gros paquet. C'étaient des disques, comme elle l'avait demandé, mais elle fut bien étonnée en les écoutant : c'était un enregistrement de son propre livre! Ann et Polly qui étaient au courant, n'avaient pas voulu le lui dire plus tôt, pour lui faire une surprise.

Pour mener à bien toutes ses tâches, la Fondation avait besoin d'argent et c'était Helen qui était chargée d'aller recueillir les fonds. Elle repartit donc pour de nombreux voyages et parcourut les villes américaines en expliquant le but que se proposait la Fondation et en demandant de l'aide. Elle obtenait généralement un grand succès... et des subsides appréciables.

C'était Polly qui l'accompagnait dans ses voyages. Ann était maintenant presque toujours alitée et dans un état de faiblesse très inquiétant. Elle avait supplié l'ophtalmologiste de tenter encore une opération pour lui redonner une meilleure vue. Le médecin avait accédé à son désir, mais en la prévenant que le résultat ne pouvait être que décevant. Il avait eu raison. Ann était maintenant à peu près complètement aveugle.

Un soir d'octobre 1936, Ann se sentit assez bien pour s'asseoir dans un grand fauteuil. Helen était auprès d'elle et lui tenait la main.

Un de leurs amis, Herbert Haas, arriva pour leur faire une petite visite. Il venait de New York où il avait assisté à un spectacle de rodéo, à Madison Square Garden. Ann riait en l'entendant imiter les « youpees » des cow-boys, et elle épelait les moindres détails du récit dans la main d'Helen. Celle-ci riait aussi et sa joie était grande de voir son amie Ann détendue, heureuse.

Ce fut une soirée charmante et gaie. Cette nuit-là, Ann Sullivan s'endormit paisiblement et glissa tout doucement dans un autre monde, un monde où il n'y avait ni souffrance ni maladie, et où personne, jamais, ne devenait aveugle.

A la mémoire d'Ann Sullivan

Le 25 décembre 1946, Helen Keller et Polly Thomson faisaient tristement le tour d'un tas de décombres : c'était tout ce qui restait de leur maison.

Cette maison, agréablement située à la campagne, près de Westport, dans le Connecticut, avait été leur foyer pendant sept ans. Elles s'y étaient beaucoup plues, presque autant que dans la belle maison de Wrentham, pes années plus tôt.

Il ne restait rien de la maison de Westport. En l'absence d'Helen et de Polly, elle avait été entièrement détruite par un incendie. On ne voyait sur le sol qu'une excavation béante et, à côté, des briques calcinées, des morceaux de poutres effondrées, quelques objets de cuisine tordus par la chaleur. Des papiers noircis s'envolaient au moindre souffle de vent.

Helen ne pouvait rien voir de ce désastre,

mais elle en était parfaitement consciente. L'odeur qui planait sur les lieux du sinistre suffisait à lui en révéler l'étendue. Ce n'était pas une odeur agréable de feu de joie, une bonne odeur de « coin du feu » et de veillée, c'était une vilaine odeur de peinture et de vêtements brûlés.

— Et l'arbre de notre amie? demanda Helen.

Un beau petit chêne avait poussé près de la maison. Helen et Polly l'avaient baptisé « l'arbre de notre amie » en souvenir d'Ann.

— Il est très brûlé d'un côté, épelèrent les doigts de Polly. Mais il n'est peut-être pas mort. Nous verrons ce qui se passera au printemps.

Helen et Polly faisaient un voyage en Europe lorsqu'on leur avait télégraphié que leur maison venait de brûler. Elles étaient revenues précipitamment, par le premier avion, la veille de Noël.

Tout en se promenant machinalement parmi les décombres, Helen songeait aux autres ruines qu'elle avait « vues » (« vues » par les yeux de Polly, et « entendues » grâce aux doigts de Polly qui lui avaient tout décrit) en Europe. Le Bureau de la Fondation Américaine pour les Aveugles les avait envoyées là-bas en mission pour qu'elles étudient ce que l'on pourrait faire afin d'aider les milliers de personnes civiles ou militaires, devenues aveugles à la suite d'une blessure de guerre, dans les combats ou les bombardements.

En songeant à ces drames innombrables sur lesquels elle s'était penchée avec Polly, Helen oubliait complètement ses propres difficultés.

— Nous avons beaucoup de chance, beaucoup trop de chance, dit-elle à Polly. Nous avons des amis merveilleux et assez d'argent pour vivre.

— Oui, acquiesça Polly. Je pense aussi à tous ces malheureux que nous avons vus en Europe et qui ont tout perdu. Ils ont besoin de notre aide, nous ne devons les abandonner à aucun prix!

La perte de la maison était tout de même un coup terrible pour Helen et Polly. Helen soupira et se mit à songer au livre qu'elle écrivait à la mémoire d'Ann Sullivan. Ce livre, elle y travaillait depuis des années. Elle y tenait énormément, car elle estimait que l'on n'avait jamais assez rendu hommage à Ann.

— Partout où nous sommes allées Ann et moi, expliquait-elle à Polly, on m'a toujours mise en avant, moi, Helen Keller. On oubliait trop souvent que tout ce que j'ai pu faire, c'est à Ann que je le dois. C'est à Ann qu'auraient dû aller les honneurs, et pas à moi. Je voudrais que tout le monde le comprenne et que l'on aime Ann autant que je l'ai aimée, qu'on l'admire comme elle mérite d'être admirée.

C'est dans cet esprit qu'Helen s'était mise au travail. Elle avait rédigé les trois quarts de son livre quand Polly et elle durent partir pour l'Europe. Helen avait rangé tout son travail, très soigneusement, dans un des tiroirs de son bureau et il avait brûlé avec le reste. Toutes les lettres d'Ann Sullivan, ces lettres en Braille qui tenaient compagnie à Helen lorsque son amie s'absentait, toutes les notes qu'elle-même avait prises, également en Braille, tout était réduit en cendres.

— Quand je pense que toutes les lettres d'Ann sont perdues, c'est comme si on m'avait coupé un bras, dit tristement Helen à Polly. Mais il ne faut pas que je me laisse abattre, il ne faut surtout pas que j'abandonne mon projet. Dès que je le pourrai, je m'y remettrai, je referai tout ce qui a brûlé et j'achèverai mon livre.

De nombreux mois passèrent, avant qu'Helen pût mettre son projet à exécution. Polly et elle avaient un travail important à accomplir, un travail qui n'attendait pas. Ce travail consistait à recueillir de l'argent aux États-

Unis pour les milliers de personnes qui non seulement étaient restées aveugles des suites de la guerre, mais qui étaient sans abri et qui avaient faim.

Il fallait de l'argent pour acheter de quoi nourrir et vêtir ces malheureux et pour leur construire de nouvelles maisons. Il en fallait pour rebâtir des écoles pour les aveugles et pour remplacer les bibliothèques de livres en Braille détruites par les bombardements. Dans certains pays, il fallait aussi de l'argent pour remplacer les presses d'imprimerie en Braille que l'on avait fondues pour faire des munitions.

Helen et Polly avaient l'habitude de recueillir des fonds. Elles l'avaient fait maintes fois, on le sait, pour la Fondation Américaine des Aveugles avant la guerre.

Elles recommencèrent donc à voyager à travers les États-Unis. Cette fois, dans ses discours, Helen s'efforça de faire comprendre au public ce que pouvaient être les perspectives d'avenir d'un jeune soldat condamné à passer le reste de sa vie dans le noir. Elle leur parla des enfants aveugles, de cette petite fille qui tâtonnait pour retrouver son chemin parmi les ruines, seule, affolée, essayant de retrouver sa mère qui avait été tuée par une bombe.

Le plaidoyer d'Helen était si convaincant,

que Polly n'avait pas besoin de répéter ce qu'elle avait dit. Les gens la comprenaient et l'argent affluait.

Pendant que Polly et elle sillonnaient les États-Unis, Helen songeait souvent au « livre pour Ann ». Finalement elle se remit à l'écrire chez un ami qui les hebergeait en attendant qu'elles eussent retrouvé une autre maison. Helen tapait sur une machine à écrire qu'on lui avait prêtée car la sienne avait été détruite dans l'incendie.

Helen n'avait plus les lettres d'Ann, elle n'avait plus ses notes, elle n'avait rien pour l'aider, rien qu'un paquet de feuilles blanches devant elle, et la machine à écrire.

Pendant des heures, Helen demeurait silencieuse, immobile, revivant par le souvenir les années passées avec son amie. Ensuite, elle s'asseyait devant sa machine et essayait de raconter.

Lorsque le livre fut fini, la première étonnée ce fut Helen. Ce qu'elle avait fait ne ressemblait pas du tout à ce qu'elle s'était proposé de faire. Elle avait pensé écrire un livre sage, bien construit, suivant fidèlement l'ordre chronologique des événements. Au lieu de cela, elle avait suivi les caprices de sa mémoire, elle avait raconté les souvenirs comme ils lui venaient, au fur et à mesure, sans ordre apparent. C'était précisément ce « décousu » qui faisait tout le charme du livre, qui lui donnait toute sa spontanéité et sa sincérité. A bâtons rompus, Helen évoquait son enfance, l'arrivée d'Ann, le premier séjour au bord de la mer, puis elle passait à la grande maison de Wrentham, aux soirées près du feu à la Ferme Rouge, aux parties de luge dans la neige. Elle parlait de la gaieté d'Ann, de sa bonne humeur inaltérable, de son optimisme, du génie dont elle avait fait preuve pour « sortir de prison » la pauvre petite Helen de sept ans. Helen évoquait encore le génie de son amie disparue, s'appliquant à la suivre et à l'aider dans ses études supérieures, à l'Université, pour être toujours à la hauteur, pour ne pas se laisser décourager ni distancer. Oui. Ann avait du génie, celui que donne un cœur exquis et une foi profonde dans les possibilités de l'esprit humain.

A travers tout le livre d'Helen, à chaque page, dans chaque phrase, il y avait la présence d'Ann, il y avait la personnalité d'Ann tout entière retrouvée. Il y avait Ann, tendrement penchée sur sa petite élève, et lui épelant dans la main la science et la tendresse du monde. Ann qui, ainsi que l'écrivait Helen, avait déposé « le miracle du langage » dans sa main.

Une journée d'été

En revenant de sa promenade matinale, Helen Keller s'arrêta un moment sous un beau chêne qui poussait à côté de la jolie maison ensoleillée où elle vivait désormais avec Polly Thomson.

La maison avait été bâtie sur l'emplacement de celle qui avait brûlé tout de suite après la guerre. Helen et Polly aimait beaucoup Westport et la campagne du Connecticut. C'est pourquoi elles avaient tenu à rester au même endroit.

Il y avait aussi une autre raison, purement sentimentale celle-ci : « l'arbre d'Ann Sullivan », qui avait été si terriblement brûlé d'un côté, n'était pas mort. Il était reparti avec vigueur et c'était maintenant un bel arbre.

— Quelle merveilleuse matinée d'été! songea Helen en caressant l'écorce de chêne. Et comme c'est bon d'être de nouveau à la maison!

Polly et elle étaient revenues la veille d'un voyage à travers la Norvège, la Suède et le Danemark. Le Gouvernement des États-Unis leur avait demandé de faire ce voyage à titre d'ambassadrices du peuple américain.

Ce n'était pas leur plus long voyage. Trois ans plus tôt — Helen avait alors soixante quatorze ans — elle avait entrepris avec Polly une petite randonnée de quatre-vingt mille kilomètres à travers le monde.

Depuis qu'Ann Sullivan les avait quittées, elles avaient voyagé presque tout le temps. Elles avaient visité à peu près tous les pays du monde et étaient retournées trois fois au Japon, où les petits enfants aveugles d'une Institution qu'Helen avait visitée l'appelaient « Mère ».

Le but de tous ces voyages était toujours le même : faire tout ce qui était humainement possible pour que les millions d'aveugles à travers le monde, pour que les millions de sourds, puissent avoir une chance de mener une normale.

C'était ce qu'Ann Sullivan avait désiré plus que tout au monde. Elle avait consacré sa vie à donner cette chance à Helen. Maintenant c'était au tour d'Helen. Comme Ann l'avait fait, elle devait donner le meilleur d'elle-même à ses frères malheureux.

Dans la période qui suivit immédiatement

la Deuxième Guerre Mondiale, Helen considéra que sa tâche la plus lourde et la plus importante était de redonner de l'espoir aux milliers de jeunes combattants devenus aveugles pendant la guerre. Ces jeunes gens étaient soignés dans des hôpitaux militaires. Helen, pendant des mois, parcourut des salles d'hôpital dans toutes les parties du monde, ou à peu près.

Ce qu'elle essayait de leur dire, les jeunes infirmes ne le comprenaient pas toujours très nettement. Helen avait une voix étrange, comme étouffée. Sa présence, ses encouragements, son témoignage enfin, étaient pourtant précieux pour tous. Cette voix monotone, mal articulée avait le singulier pouvoir de redonner confiance en la vie.

Lorsqu'elle avait quitté la salle, on continuait à penser à elle. Les jeunes blessés se racontaient entre eux l'histoire de cette femme, le combat qu'elle avait dû mener, les obstacles qu'elle avait dû franchir et les résultats extraordinaires qu'elle avait obtenus.

Pendant ce temps, Helen poursuivait inlassablement ses voyages, ses démarches pour obtenir de l'argent, des soins, la création d'Instituts spécialisés dans la rééducation des aveugles et des sourds.

C'était une tâche énorme et si Helen avait

déjà obtenu des résultats, elle les jugeait encore bien insuffisants. Seulement, elle savait aussi que Polly et elle-même étaient maintenant trop âgées pour entreprendre encore de nouveaux voyages et de nouvelles démarches.

— Polly est rentrée très fatiguée, se disait Helen ce matin-là... Et moi-même je le suis aussi un peu...

En rentrant à la maison, elle sentit la bonne odeur du café et du pain grillé. Polly préparait le petit déjeuner. Helen entra dans la cuisine. Son travail à elle consistait à presser le jus d'orange.

Polly avait déjà coupé les oranges en deux et les avait placées près du presse-fruits et des verres. Pendant qu'Helen préparait le jus de fruit, Polly mettait les couverts sur le plateau du petit déjeuner. Les deux vieilles dames — elles étaient devenues des vieilles dames maintenant! — montèrent au premier étage, chacune portant son plateau. Helen s'orientait sans difficulté dans la maison.

Elles s'installèrent dans la chambre de Polly. Celle-ci, assise sur son lit, lisait les journaux en prenant son café. Lorsqu'elle eut fini, elle épela les nouvelles à Helen.

La domestique qui venait les aider dans la journée apporta le courrier. Il y avait près de soixante-dix ans qu'Helen Keller était l'une des personnes les plus célèbres au monde... depuis qu'elle était une toute petite fille. Les gens célèbres reçoivent beaucoup de courrier.

Polly dépouilla et tria les lettres. Elle épela tout de suite les plus importantes à Helen, et mit de côté les autres pour y répondre elle-même.

Ensuite vint le moment du travail. Les deux vieilles dames passaient leur matinée devant leur machine à écrire. Le bureau de Polly était en bas, et donnait sur le vestibule. Helen, elle, avait un cabinet de travail au premier étage.

A côté de sa machine à écrire normale, se trouvait une machine à écrire le Braille qui fonctionnait à peu près de la même façon. Helen l'utilisait pour écrire à ses amis aveugles et pour toutes ses notes personnelles qu'elle pouvait ainsi relire plus tard. Elle s'en servait toujours par exemple pour préparer ses discours.

Polly entra dans le cabinet de travail juste avant le grand déjeuner. Helen lui tendit les lettres qu'elle venait d'écrire. Polly les relut attentivement. S'il y avait eu la moindre faute dans la lettre — même une toute petite faute de frappe — Polly l'aurait rendue à Helen pour qu'elle la retapât. Ann Sullivan avait toujours exigé d'Helen une perfection rigoureuse. Helen tenait beaucoup à ce que Polly fût, elle aussi, très sévère et ne laissât rien passer.

Il n'y avait pas de faute ce jour-là. Polly posa successivement chacune des lettres sur un épais morceau de carton et indiqua à Helen l'endroit où elle devait signer son nom.

L'après-midi, quelques amis vinrent prendre le thé. Après leur départ, Polly prépara le dîner. Quand elles eurent fini, elles firent toutes les deux la vaisselle. Polly lavait et Helen essuyait. A un moment, Helen se mit à rire et redonna à Polly une assiette qui avait été mal lavée. Un peu de nourriture y était restée collée. Polly ne l'avait pas remarqué, mais rien n'échappait aux doigts sensibles d'Helen.

— Fr-r-iponne! dit Polly en roulant les « r » avec son accent écossais.

Helen ne l'entendit pas, mais comme Polly lui épelait ce qu'elle venait de dire, elle se mit à rire plus fort avec son amie.

Elles passèrent paisiblement la soirée dans le salon. Une brise légère agitait les rideaux et apportait dans la pièce une odeur de fleurs et d'herbe humide.

Elles se couchèrent de bonne heure, car elles étaient toutes les deux fatiguées. Helen était dans son lit, quand Polly vint la border et lui souhaiter une bonne nuit.

— Maintenant, dormez! dit Polly en se penchant sur le lit pour qu'Helen pût lire sur ses lèvres avec les doigts. Pas de lecture ce soir!

Une nouvelle revue imprimée en Braille était arrivée au courrier du matin et Polly avait vu Helen la monter dans sa chambre.

— Non, ma chère, je ne lirai pas ce soir, répondit Helen docilement.

Polly éteignit la lumière et quitta la pièce. Helen attendit un moment... Polly pouvait revenir.

Elle ne tendit pas la main vers la revue, mais prit sa Bible en Braille qui était rangée sous son lit car elle était trop grande et trop lourde pour rester sur la table de chevet. Elle tourna pensivement les pages jusqu'au moment où elle trouva ce qu'elle cherchait.

Souriant dans l'obscurité, elle passa avec amour ses doigts sur les points en relief :

— L'Éternel est mon Berger...

Lettres d'Helen Keller

Les quelques lettres authentiques suivantes qu'Helen Keller adresse à divers correspondants nous permettent de suivre les progrès rapides de cette fillette merveilleuse qui, grâce à une institutrice dont le dévouement est également hors du commun réussit à devenir au point de vue psychologique et culturel une jeune femme comme les autres et à acquérir une culture et une qualité morale bien supérieures à la moyenne.

Miss Sullivan commença l'instruction de Helen Keller le 3 mars 1887. Trois mois et demi après que le premier mot lui eut été épelé dans la main, Helen écrivit, au crayon, la lettre suivante :

A sa cousine Anna (Mme George T. Turner).

Tuscumbia (Alabama), 17 juin 1887.

Helen écrit — anna george donnera à helen une pomme — simpson tirera des oiseaux — jacques donnera à helen un bâton de sucre candi — le docteur donnera à mildred un médicament — mère fera une robe neuve à mildred.

(pas de signature.)

Vingt-cinq jours plus tard, de Huntsville où elle passait quelque temps, elle écrit à sa mère. Deux mots de cette lettre sont presque illisibles et l'écriture anguleuse penche de tous côtés :

A Madame Kate Adams Keller.

Huntsville (Alabama), 12 juillet 1887.

Helen va écrire à mère une lettre — papa a donné à helen un médicament — mildred veut s'asseoir dans l'escarpolette — mildred a embrassé helen — institutrice a donné une pêche à helen — george est malade au lit — george s'est blessé au bras — anna a donné de la limonade à helen — le chien s'est tenu debout.

Le conducteur a percé le ticket — papa a donné à helen un verre d'eau dans la voiture.

Carlotta a donné des fleurs à helen — anna achètera à helen un joli chapeau neuf — helen embrassera mère — helen viendra à la maison — grand-mère aime bien helen.

Au revoir.
(pas de signature.)

Au mois de septembre suivant des progrès s'observent dans la construction de la phrase, plus complète, et dans l'association des idées.

Aux jeunes filles aveugles de la Perkins Institution, à Boston (Sud).

Tuscumbia, septembre 1887.

helen va écrire une lettre aux petites filles aveugles — helen et institutrice iront voir petites filles aveugles — helen et institutrice iront en voiture à vapeur à boston — helen et petites filles aveugles auront du plaisir — petites filles aveugles savent causer avec leurs doigts — helen verra m. anagnos — m. anagnos aimera et embrassera helen — helen ira en classe avec petites filles aveugles — helen sait lire, compter, épeler et écrire comme petites filles aveugles — mildred n'ira pas à boston — mildred pleure — prince et jumbo (1) iront à boston — papa tire des canards avec fusil et canards tombent dans l'eau et jumbo et mamie nagent dans l'eau et apportent dans la bouche canards à papa. helen joue avec chiens — helen monte à cheval avec institutrice — helen donne à handee (2) de l'herbe avec sa main — institutrice cravache handee pour aller vite — helen est aveugle — helen va mettre lettre sous enveloppe pour petites filles aveugles.

au revoir,
HELEN KELLER.

Deux mois plus tard son style prend une forme un peu plus correcte.

A Monsieur Michael Anagnos, Directeur de la Perkins Institution

Tuscumbia, novembre 1887.

Je vais vous écrire une lettre, nous avons reçu des portraits institutrice et moi. institu-

(1) Deux chiens de Miss Keller.
(2) Poney de Miss Keller.

trice vous enverra cela. photographe fait des portraits. charpentier construit de nouvelles maisons. jardinier creuse et houe le sol et plante des légumes. ma poupée nancy dort. elle est malade. mildred est en bonne santé. oncle frank est allé chasser le daim. nous aurons du gibier à déjeuner quand il reviendra. j'ai été en brouette et institutrice poussait. simpson m'a donné des châtaignes. cousine rosa est allée voir sa mère. les gens vont à l'église le dimanche. j'ai lu dans mon livre la différence entre *fox* et *box*, renard (fox) peut s'asseoir dans la boîte (box). j'aime à lire dans mon livre. vous m'aimez. je vous aime.

Au revoir,
HELEN KELLER.

Au commencement de l'année suivante ses progrès s'affirment. Les adjectifs apparaissent plus nombreux, voire les adjectifs de couleurs. Quoique ses sens ne puissent lui donner une idée des couleurs, elle emploie les mots qui les désignent comme nous employons souvent des mots sans penser à l'impression même qu'ils expriment. Cette lettre est adressée à une camarade d'école de la Perkins Institution.

A Miss Sarah Tomlinson

Tuscumbia, 2 janvier 1888.

Chère Sarah,

Je suis heureuse de vous écrire ce matin. J'espère que M. Anagnos viendra me voir bientôt. J'irai à Boston en juin et j'achèterai des gants pour père, et pour James un joli collier et pour Simpson des manchettes. J'ai vu miss Betty et ses élèves. Ils avaient un joli arbre de Noël et il y avait sur l'arbre de jolis présents pour les petits enfants. J'ai eu une timbale et un petit oiseau et du sucre candi. J'ai eu beaucoup de jolies choses pour Noël. Tante m'a donné une malle pour Nancy et des vêtements. Je suis allée à une garden-party avec institutrice et mère. Nous avons dansé et joué et mangé des noix et du sucre candi et des gâteaux et des oranges et je me suis bien amusée avec petits garçons et petites filles. Miss Hopkins m'a envoyé une belle bague. Je l'aime ainsi que les petites filles aveugles.

Des hommes et des petits garçons font des tapis dans les filatures. La laine pousse sur les moutons. Des hommes coupent la laine des moutons avec de grands ciseaux et l'envoient aux filatures.

Le coton pousse sur de grandes tiges dans les champs. Des hommes et des garçons et des filles et des femmes cueillent le coton. Nous faisons avec le coton du fil et des robes de coton. Le cotonnier a de jolies fleurs blanches et rouges. Institutrice a déchiré sa robe. Mildred pleure. Je soigne Nancy. Mère m'achètera de beaux tabliers neufs et une robe pour aller à Boston. Je suis allée à Knoxville avec père et tante. Bessie est faible et petite. Les poulets de Mme Thompson ont tué les poulets de Leila. Eva couche dans mon lit. J'aime les bonnes filles.

Au revoir,
HELEN KELLER.

Dans le récit suivant que fait Helen d'une visite à quelques amis, ses pensées sont à peu près celles qu'on pourrait s'attendre à trouver chez une enfant normale de huit ans, exception faite, peut-être, de sa naïve satisfaction de la hardiesse de jeunes gentlemen.

A Madame Kate Adams Keller

S.O. Boston (Mass.), 24 septembre 1888.

Ma chère mère,

Je pense que vous serez heureuse d'avoir des détails sur ma visite à West Newton. Institutrice et moi avons eu du bon temps avec beaucoup d'aimables amis. West Newton n'est pas loin de Boston et nous y sommes arrivées très vite en voitures à vapeur.

Mme Freeman et Carrie et Ethel et Frank et Helen sont venus nous prendre à la gare dans une énorme voiture. J'étais charmée de voir mes chers petits amis et je les ai serrés sur mon cœur et embrassés. Puis nous nous sommes promenés longtemps en voiture pour voir toutes les belles choses de West Newton. Beaucoup de belles maisons entourées de grandes pelouses d'un vert tendre et d'arbres et de fleurs brillantes et de fontaines. Le cheval s'appelait Prince et il était gentil et il aimait à trotter très vite.

En arrivant à la maison, nous vîmes huit lapins et deux petits chiens gras, et un gentil petit poney blanc, et deux chatons et un joli petit chien frisé appelé Don. Le poney s'appelait Mollie et j'ai fait une belle promenade sur son dos; je n'avais pas peur. J'espère que mon oncle m'achètera bientôt un cher petit poney et une petite voiture.

Clifton ne l'a pas embrassée parce qu'il n'aime pas embrasser les petites filles. Il a honte. Je suis très contente que Frank et Clarence et Robbie et Eddie et Charles et George n'aient pas été si timides. J'ai joué avec beaucoup de petites filles et nous nous sommes bien amusées. Je suis montée sur le tricycle de Carrie et j'ai cueilli des fleurs et mangé des fruits. J'ai sauté et dansé et je me suis promenée en voiture. Des dames et des gentlemen sont venus nous voir. Lucy et Dora et Charles sont nés en Chine. Moi je suis née en Amérique, et M. Anagnos est né en Grèce. M. Drew dit que les petites filles en Chine ne savent pas causer avec leurs doigts mais je compte le leur apprendre quand j'irai en Chine. Une bonne d'enfant chinoise est venue me voir, elle s'appelle Asu. Une bonne d'enfant se dit en chinois Amah. Nous sommes revenues à la maison en voiture à chevaux parce que c'était dimanche et les voitures à vapeur ne marchent pas souvent le dimanche. Les conducteurs et les mécaniciens sont très fatigués et ils vont se reposer chez eux. J'ai vu le petit Willie Swan dans la voiture et il m'a donné une poire juteuse.

Il avait six ans. Que faisais-je quand j'avais six ans ? Voulez-vous, s'il vous plaît, demander à mon père de venir au train à notre rencontre ? J'ai du chagrin qu'Eva et Bessie soient malades. J'espère que j'aurai une belle compagnie pour mon anniversaire, et je veux que Carrie et Ethel et Frank et Helen viennent me voir dans l'Alabama. Est-ce que Mildred couchera avec moi quand je retournerai à la maison ?

Avec beaucoup de tendresse et mille baisers de votre chère petite fille.

HELEN KELLER.

A Miss Della Bennett

Tuscumbia, 29 janvier 1889.

Ma chère Miss Bennett,

Je suis charmée de vous écrire ce matin. Nous venons de manger notre déjeuner. Mildred descend les escaliers en courant. Je viens de lire dans mon livre des choses sur les astronomes. *Astronome* vient du mot latin *astra* qui veut dire étoiles ; et les astronomes sont des hommes qui étudient les étoiles et nous en parlent. Tandis que nous dormons tranquillement dans nos lits ils observent le ciel splendide à travers le télescope. Un télescope est comme un œil très puissant.

Les étoiles sont si loin que les gens ne pourraient en dire long à leur sujet, sans de très excellents instruments. Aimez-vous à regarder par votre fenêtre et à voir les petites étoiles? maîtresse dit qu'elle peut voir Vénus de notre fenêtre, et c'est une grande et belle étoile. Les étoiles sont appelées les sœurs et les frères de la terre.

Il y a beaucoup de grands instruments en dehors de ceux employés par les astronomes. Un couteau est un instrument qui sert à couper. Je crois que la cloche est un instrument aussi. Je vais vous dire ce que je sais des cloches. Il y a des cloches harmonieuses et d'autres sont inharmonieuses. Il y en a de toutes petites et il y en a de très grandes. J'ai vu une très grande cloche à Wellesley. Elle venait du Japon. Les cloches sont employées dans bien des cas. Elles nous préviennent quand le déjeuner est prêt, quand il est temps d'aller à l'école ou à l'église et quand il y a un incendie. Elles disent aux gens quand il faut aller travailler et quand retourner à la maison pour se reposer. La cloche de la machine prévient les voyageurs qu'ils arrivent à une station et elle dit aux gens de se retirer du chemin. Quelquefois il arrive des accidents terribles et beaucoup de gens sont brûlés et noyés et blessés. L'autre jour j'ai cassé la tête de ma poupée; mais ce n'était pas un grave accident, parce que les poupées ne vivent pas et ne sentent pas comme les personnes. Mes petits pigeons sont en bonne santé et mon petit oiseau aussi. Je voudrais bien avoir un peu d'argile. maîtresse dit qu'il est temps que j'aille étudier maintenant.

Avec beaucoup de tendresse et de nombreux baisers.

HELEN A. KELLER.

La lettre suivante est adressée à Miss Sarah Fuller, qui donna à Helen sa première leçon de langage articulé.

A Miss Sarah Fuller.

South Boston (Mass.), 3 avril 1890.

Ma chère Miss Fuller,

Mon cœur est pénétré de joie par cette belle matinée, parce que j'ai appris à prononcer plusieurs mots nouveaux et que je puis .faire quelques phrases. Hier soir, je suis sortie dans la cour et j'ai parlé à la lune. Je lui ai dit : « O lune! viens à moi! » Pensez-vous que la séduisante lune ait été heureuse de ce que j'aie pu lui parler? Combien ma mère sera heureuse. Je suis impatiente de voir venir le mois de juin, car je brûle de lui parler ainsi qu'à ma précieuse petite sœur. Mildred ne pouvait comprendre mon langage des doigts, mais maintenant elle s'assoira sur mes genoux et je lui dirai beaucoup de choses pour l'amuser, et nous serons si heureuses ensemble! Êtes-vous très, très heureuse, parce que vous pouvez donner du bonheur à tant de gens? Je crois que vous êtes très aimable et très patiente, et je vous aime tendrement. Maîtresse me disait, mardi, que vous désiriez savoir comment j'en vins à désirer de m'exprimer avec ma bouche. Je vais tout vous dire à cet égard, car je me rappelle parfaitement mes pensées. Quand j'étais une petite enfant, j'avais coutume de rester tout le temps sur les genoux de ma mère, parce que j'étais très timide et que je n'aimais pas à être laissée seule. Et je tenais constamment ma petite main sur son visage, parce que cela m'amusait de sentir le mouvement de ses traits et de ses lèvres quand elle parlait à quelqu'un. Je ne savais pas alors ce qu'elle faisait, car j'ignorais tout. Plus tard, quand je fus plus âgée, j'appris à jouer avec ma bonne et les petits Nègres et je remarquai qu'ils faisaient mouvoir leurs lèvres exactement comme ma mère. Je me mis donc aussi à faire aller les miennes, mais quelquefois cela me faisait mettre en colère et je serrais très fortement la bouche de mes camarades. Je ne savais pas alors que c'était très méchant d'agir ainsi. Longtemps après, ma chère maîtresse arriva, et elle m'apprit à communiquer par le moyen de mes doigts et, de ce jour, je fus satisfaite et heureuse. Mais quand je vins à l'école, à Boston, je rencontrai quelques muets qui parlaient « avec leur bouche » comme tout le monde, et un jour, une dame qui avait été en Norvège vint me voir et me parla d'une jeune fille aveugle et sourde (1) qu'elle avait vue dans cette contrée lointaine et à qui on avait appris à parler et à comprendre les autres quand ils lui parlaient. Cette bonne et heureuse nouvelle me causa une grande joie, car, dès lors, je me convainquis que moi aussi j'apprendrais. J'essayai d'émettre des sons comme mes petits camarades, mais maîtresse me dit que la voix était chose délicate et sensible et que je lui nuirais en articulant d'une manière incorrecte, et elle me promit de me conduire chez une dame aimable et sage qui m'instruirait. Cette dame, c'était

(1) Ragnhild Kaata.

vous. Maintenant, je suis aussi heureuse que les petits oiseaux, parce que je puis parler et peut-être chanterai-je aussi. Tous mes amis seront si surpris et si heureux.

Votre petite élève qui vous aime,

HELEN A. KELLER.

La lettre qui suit a été reproduite en fac-similé dans le numéro de juin 1892 du *Saint-Nicholas*. Elle ne porte pas de date, mais elle a dû être écrite deux ou trois mois avant sa publication.

Au « Saint-Nicholas »

Cher Saint-Nicholas,

Je me fais un plaisir de vous envoyer mon autographe, parce que je désire que les petits garçons et les petites filles qui lisent Saint-Nicholas sachent comment écrivent les enfants aveugles. Sans doute, beaucoup de vos lecteurs se demandent comment nous maintenons nos lignes si droites; aussi vais-je essayer de le leur expliquer. Nous nous servons d'une planche à rainures que nous plaçons entre les pages quand nous voulons écrire. Les rainures sont parallèles et correspondent aux lignes, et, quand on a pressé la feuille de papier dans ces rainures avec la pointe émoussée d'un crayon, il devient très aisé de maintenir les mots à la même hauteur. Les petites lettres sont entièrement inscrites dans les rainures, tandis que les lettres longues s'étendent au-dessus et au-dessous. Nous guidons le crayon de la main droite, tandis qu'avec l'index de la main gauche, nous nous assurons que nous avons formé et espacé les lettres régulièrement. Il est très difficile, au début, de les former correctement, mais, pour peu que l'on persévère, la tâche se fait plus aisée, et, avec beaucoup de pratique, nous arrivons à écrire des lettres lisibles pour tous nos amis. Ce but atteint, nous sommes très, très heureuses. Il se peut qu'un jour les petits lecteurs du Saint-Nicholas aillent visiter unc école d'aveugles. Je suis certaine qu'alors ils désireront voir les élèves écrire.

Très sincèrement votre petite amie,

HELEN KELLER.

Helen a raconté sa visite à l'Exposition universelle dans une lettre à M. John P. Spaulding, que le Saint-Nicholas a publiée. La lettre à Miss Caroline Derby, que nous donnons plus loin, traite du même sujet. Dans une préface écrite par Miss Sullivan pour le Saint-Nicholas, elle rapporte ce propos qu'on lui tenait souvent : « Helen voit plus avec ses doigts que nous avec nos yeux. »

A Miss Caroline Derby.

Hulton (Pennsylvannie), 17 août 1893.

... Tout le monde, à l'Exposition, a été très gentil pour moi... Presque tous les exposants m'ont volontiers permis de toucher aux objets les plus fragiles, et ils ont poussé l'amabilité jusqu'à me fournir des explications sur toutes choses. Un gentleman français, dont je ne puis me rappeler le nom, m'a montré les grands bronzes de son pays. Je crois qu'ils m'ont causé plus de plaisir que tout autre chose à l'Exposition : ils étaient si parfaits que j'avais l'illusion de les sentir vivre sous mes doigts. Le Dr Bell nous mena lui-même au Palais de l'Électricité et nous montra quelques téléphones qui ont pris une valeur historique, entre autres celui où Dom Pedro écouta le fameux : « Etre ou ne pas être », à la Centennale. Le Dr Gillett, de l'Illinois, nous conduisit aux Arts libéraux et au Palais de la Femme. Aux Arts libéraux, je visitai l'exposition

Tiffany où j'ai tenu dans la main le beau diamant du même nom, que l'on estime à cent mille dollars. J'y ai touché encore à bien d'autres objets rares et de grand prix. Je me suis assise dans le fauteuil du roi Louis, et j'ai pu me croire reine, un instant, quand M. Gillett a fait remarquer que j'avais beaucoup de loyaux sujets. Au Palais de la Femme, nous avons rencontré la princesse Maria Schaovskoy, de Russie, et une belle dame syrienne. Elles m'ont beaucoup plu toutes deux. Je suis allée à la section japonaise avec le professeur Morse, le conférencier bien connu. Je n'avais jamais imaginé le peuple merveilleux que sont les Japonais, avant d'avoir vu leur très intéressante exposition. Leurs instruments de musique bizarres, leurs beaux travaux d'art me captivèrent. Les livres japonais sont très curieux. Leur alphabet comprend quarante-sept lettres. Le professeur Morse est très érudit en tout ce qui touche au Japon. Il est aussi très aimable et très savant. Il m'a invitée à visiter son musée de Salem, la première fois que j'irai à Boston. Je crois que les voiles sur la lagune tranquille et les scènes délicieuses, telles que mes amis me les ont décrites, sont de toutes les choses de l'Exposition celles qui ont le plus provoqué mon enthousiasme. Une fois, tandis que nous étions sur l'eau, le soleil se coucha à l'horizon, enveloppant la ville blanche d'une lumière douce et rosée qui l'identifiait, plus que jamais, au pays du merveilleux...

Au docteur Edward Everett Hale.

Hulton (Pennsylvannie), 14 janvier 1894.

Mon cher cousin,

Je me suis déjà plusieurs fois proposé de répondre à votre aimable lettre qui m'a fait tant de plaisir, et de vous remercier du beau petit livre que vous m'avez envoyé; mais j'ai été trop affairée depuis le commencement de la nouvelle année. La publication de ma petite histoire dans le Compagnon de la Jeunesse m'a valu un grand nombre de lettres. La semaine dernière seulement, j'en ai reçu soixante et une. J'ai dû répondre à quelques-unes, sans pouvoir, pour cela, négliger mes études, et en particulier celles de l'arithmétique et du latin. Or vous savez que pour qu'une petite fille comme moi puisse comprendre César, ses guerres et ses conquêtes racontées dans cette belle langue latine, il lui faut étudier et penser beaucoup, et cela prend du temps...

A Miss Caroline Derby.

Wright-Humason School, New York,
15 mars 1895.

... Je crois avoir fait quelques progrès dans la lecture des lèvres, quoique j'éprouve encore de grandes difficultés à suivre un discours rapide; mais je suis convaincue que j'y parviendrai, si seulement je persévère. Le Dr Humason travaille toujours à me perfectionner. Oh! Carrie, je serais si heureuse de pouvoir parler comme tout le monde! Pour y réussir je travaillerais volontiers jour et nuit. Pensez à la joie de tous mes amis en m'entendant m'exprimer d'une manière naturelle! Je me demande pourquoi il est si difficile pour un sourd d'apprendre à parler quand cela est si aisé pour les autres; mais que je sois patiente et je parlerai, un jour, d'une façon parfaite.

Quoique j'aie eu beaucoup à faire, j'ai trouvé le temps de lire quelque peu... J'ai lu dernièrement *Guillaume Tell* de Schiller et *La Vestale perdue*... Je lis en ce moment *Nathan le Sage* de Lessing et *Le Roi Arthur* de Miss Mullock.

A Madame Kate Adams Keller.

New York, 31 mars 1895.

... Maîtresse et moi avons passé chez M. Hutton un après-midi charmant... Nous y avons rencontré M. Clemens et M. Howells. J'avais entendu parler de ces écrivains depuis longtemps; mais l'idée ne m'était pas venue que j'entrerais un jour en commerce avec eux; et cependant cette grande joie m'a été donnée. Je suis quelquefois tout étonnée que moi, petite fille de quatorze ans, j'aie pu me trouver en relations avec tant d'hommes éminents. J'en conclus que je suis vraiment une enfant bien favorisée, et je suis bien reconnaissante de privilèges si nombreux. Les deux auteurs célèbres se sont montrés charmants à mon égard, et je serais embarrassée de dire lequel j'aime le mieux. M. Clemens nous a raconté des histoires amusantes qui nous ont fait rire aux larmes. J'aurais voulu que vous fussiez là pour l'entendre. Il nous a dit aussi qu'il partirait dans quelques jours pour l'Europe, afin d'en ramener sa femme et sa fille Jeanne, parce que cette dernière a tant appris là-bas, en trois ans et demi, qu'elle en saurait bientôt plus que lui s'il ne la faisait revenir. Je trouve que *Mark Twain* est un *nom de plume* (1) bien approprié à la personnalité de M. Clemens, à cause de sa consonance bizarre et originale, qui s'harmonise bien avec ses écrits pleins d'humour...

Le 1er octobre, miss Keller entra à l'école de Cambridge pour les jeunes filles dont M. Arthur Gilman est principal. Les examens dont il est question dans la lettre suivante, n'étaient que de simples compositions, données pour éprouver les élèves.

A Madame Laurence Hutton.

37, Concorde-Avenue, Cambridge,
(Mass.) 8 octobre 1896.

... Je me suis levée de bonne heure aujourd'hui, afin de pouvoir vous envoyer quelques lignes. Je sais que vous désirez connaître mon sentiment sur mon école. Je voudrais bien que vous puissiez venir ici et voir par vous-même quelle belle école est la nôtre. Elle compte une centaine de jeunes filles, toutes pleines d'entrain et de bonne humeur; leur compagnie est une joie.

Vous apprendrez avec plaisir, j'en suis sûre, que j'ai passé mes examens avec succès.

---

(1) En français dans le texte.

J'ai subi les épreuves en anglais, en allemand, en français, en grec et en histoire romaine. Toutes ces compositions avaient été données déjà pour les examens d'entrée à Harvard. Je suis heureuse de penser que j'aurais pu m'y faire recevoir. Cette année va être très chargée pour maîtresse et pour moi. J'étudie l'arithmétique, la littérature anglaise, l'histoire de l'Angleterre, l'allemand, le latin et la géographie supérieure. Il faut se livrer à beaucoup de lectures pour préparer les leçons, et comme il y a peu de livres, parmi ceux dont j'ai besoin, qui soient à l'usage des aveugles, il faut que cette pauvre maîtresse me les lise; et c'est une rude besogne...

(Ces quelques lettres ont été extraites de l'ouvrage « SOURDE, MUETTE, AVEUGLE », Histoire de ma vie, par Helen Keller, publié en 1954 par les Éditions Payot, Paris.)

Table

Collection folio junior

Série "plein vent"

DÉJA PARUS

Le prince d'Omeyya *par Anthony fon Eisen*

Sur sa jument Saffana, le jeune prince d'Omeyya échappe aux meurtriers de sa famille. Une impitoyable poursuite et une fabuleuse chevauchée à travers l'Empire arabe.

Le cimetière des cachalots *par Ian Cameron*

Parti à la recherche du légendaire cimetière des cachalots, Donald Ross disparaît au cœur des glaces arctiques. Ses sauveteurs devront affronter les mystérieux Eskimos blonds.

Alerte à Mach 3 *par Donald Gordon*

On l'a baptisé le Star Raker ; c'est le plus récent des avions supersoniques volant à Mach 3. Le prototype est au point : la construction en série peut commencer. C'est alors que les difficultés se multiplient : et d'abord, les meilleurs pilotes d'essai sont atteints d'une maladie mystérieuse...

Le soleil d'Olympie *par Jean Séverin*

La trêve sacrée vient interrompre la guerre entre Sparte et Athènes. Place aux joutes pacifiques du stade où le jeune Philippe et son quadrige de chevaux blancs vont faire merveille.

Kopoli, le renne guide *par Jean Coué*

En Laponie, dans le Grand Nord glacé... La migration d'un clan sous la conduite d'un renne : Kopoli. La lutte des hommes et des animaux contre les fauves et le froid.

L'île aux fossiles vivants *par André Massepain*

Naufragés en plein Pacifique, Gilles et Jérôme abordent à une île peuplée d'étranges fossiles. Un récit haletant qui transporte de l'actualité la plus brûlante aux temps préhistoriques.

Pièges sous le Pacifique *par Willard Price*

Les fonds du Pacifique cachent de terribles monstres marins. On peut y rencontrer aussi des pilleurs d'épaves qui ne sont pas moins implacables.

La vallée des mammouths *par Michel Peyramaure*

Il y a trente ou quarante mille ans : une nouvelle *Guerre du feu* écrite à la lumière des dernières découvertes de la préhistoire.

Austerlitz *par Claude Manceron*

La plus fameuse victoire de Napoléon reconstituée et racontée par le célèbre historien, auteur des *Hommes de la liberté*.

Sierra brûlante *par Pierre Pelot*

Evadés d'une réserve, un Indien navajo, sa femme et son fils traversent le désert. Persuadé que le fuyard a tué son père, Walker organise une impitoyable chasse à l'homme.

L'homme de la rivière Kwaï *par Jean Coué*

L'ancien aviateur Andrews Connaway se rend, trente ans après la dernière guerre mondiale, en Thaïlande pour retrouver la tombe de Eddie Barnès, son meilleur ami. Mais Connaway trouvera la tombe ouverte. Qu'est devenu Eddie Barnès ?

L'histoire d'Hellen Keller *par Lorena A. Hickok*

La vie de l'héroïne du captivant Miracle en Alabama. La lutte d'une jeune fille sourde, aveugle et muette contre l'infirmité et sa victoire sur la nuit et le silence.

Cet ouvrage
a été achevé d'imprimer par
l'imprimerie Bussière à Saint-Amand (Cher)
le 9 juin 1987.
Dépôt légal : juin 1987.
1er dépôt légal dans la collection : février 1980.

ISBN 2-07-033112-1

Imprimé en France (1495)

41187